PUELLA ET VITA AETERNA

少女与永生

草白 著

属于自己的一本书

长江出版传媒 ｜ 长江文艺出版社

图书在版编目（ＣＩＰ）数据

少女与永生 / 草白著. -- 武汉：长江文艺出版社，
2019.6

ISBN 978-7-5702-0948-4

Ⅰ. ①少… Ⅱ. ①草… Ⅲ. ①随笔－作品集－中国－
当代 Ⅳ. ①I267.1

中国版本图书馆 CIP 数据核字(2019)第 047097 号

策划编辑：王苏辛
责任编辑：程华清　梁碧莹　　　　　　责任校对：毛　娟
封面设计：周安迪　　　　　　　　　　责任印制：邱　莉　杨　帆

出版：长江出版传媒　长江文艺出版社

地址：武汉市雄楚大街 268 号　　　　邮编：430070
发行：长江文艺出版社
http://www.cjlap.com
印刷：湖北新华印务有限公司

开本：880 毫米×1240 毫米　　1/32　　印张：7.375　　插页：2 页
版次：2019 年 6 月第 1 版　　　　　2019 年 6 月第 1 次印刷
字数：99 千字

定价：38.00 元

PUELLA ET VITA AETERNA

Cao Bai

Contents

目　录

Chapter One

写 作 者

毕业后十年里，她来看过我，我也去过她的城市。彼此交换过礼物，见过家人，还出门旅行过一次。那次去的是沙漠，敦煌，莫高窟，月牙泉。最后几天，还去了青海湖畔。

我的女友 W 与我们同行。我们仨在一起待了十天。

后来，我一直想，如果没有 W，这趟旅程会更加艰难。这种艰难不言而喻。不知何种缘故，我至今仍无法做到与她坦然相处，如果换一个人，那种分寸感极易把握。可和她在一起不行。

那年是她第一次来我家，是成年后的家庭，她来见我的先生和小孩。那么突然，她成为这个家庭里第一名留宿的客人。其实，我更愿意以独身者的身份接待她，而不是某人的妻子或母亲。我感到尴尬、不适，在与她见面后这种感觉变得强烈。不用说，关于我的一切，房产、伴侣、生活习惯，等等，都在她面前一览无余。她什么都知道；知道得越多，就会离过去越远。我无法对此做出解释，为什么我需要一个丈夫，还有一个小孩，住在这么一间宽敞明亮的房子里。——所有这些让我感到的不仅是尴尬，还有一种无法直面的难堪。

临别之际，她邀请我去她那里玩，或许只是客套话。我终究没有近距离接触她的家庭，也没有与她的丈夫、孩子见面。

我们却在 QQ 上聊孩子教育的话题，热火朝天，似乎颇有些共同语言。然事实并非如此。我真正想和她聊的并不是这些，我可以和别人谈论类似话题，但不是和她。这只是我们的权宜之计。我们怀着"重续旧情"的隐秘想法，想要从彼此身上找回一些东西。

在我和她之间，曾发生过一些世人无法理解的事情。这些事情，或许也曾在别人身上发生过。在那些足够轻盈的时间里，太多匪夷所思之事就这样悄无声息地开始，并结束了。我们彼此通信，把信放在传达室里，按时去取。怀着隐秘的期待及某种急于诉说的欲望，在回忆里那段时间显得格外绵长。当写信的人,在现实的校园里碰面,却有种绝望感，如大难临头，连基本的礼仪都不能顾及，寥寥数语之后，便匆促地走开了。

信里没有称呼，没有落款，似乎是在防备有朝一日当这些信纸落入他人之手，那些羞耻与尴尬可以减轻一些。或许是加重了这种感觉也不一定。每当失眠之夜想起这些，猛地从床上跳起，再也无法入睡。

——那些信，我还保存着，字迹已经发黄。一些被人视为无病呻吟的内容，曾在纸页里喘息过，如今时过境迁，落了尘灰，失了活力，早被书写者遗忘了。

那是毕业之后我们第二次还是第三次见面，我已经不记得了。她胖了，头发剪短了，神情模样仍与过去酷似，但不是原先的那个人了，好像有另一个人进入她的体内，取代了原先的她。我因为内心收藏着那个与我通信的她，以至于对现实中的她感到不满，对她的新角色感到不满。作为一名年轻的母亲，她甚至比一般人还显痴。

哺乳期长达一年以上，其间必须不停地吃，把自己喂胖；生活中呵护备至，不舍得让婴孩吃一粒药；对食品药品安全的关注，到了近乎癫狂的状态。她似乎是要以这个新角色为契机，对过去的自己进行彻底的清算，越猛烈越好。

"怎么会有羞耻感呢。"

"哪里会去顾及那些。"

"没有什么比小孩更重要的了。"

她对婴儿的过度保护态度，更像是一种姿态。她要让别人，更要让自己相信，这种自我牺牲是正确的，甚至包含着某种救赎的意味。据我了解，很多年轻母亲身上都蕴藏着这种让人害怕的激情；分娩之后，她们便自觉地躲进这样的激情里，好似找到了此生最好的事业。没想到的是，她的角色代入感比一般人还要强烈，给人一种宗教感。

我真正关心的是那件事情有没有发生，或者说，它是不是一直在持续进行当中。在她的母亲角色之外，是否还隐藏着一个秘密写作者的身份。当婴孩熟睡之后，她不顾一切地去写，在厨房间的餐桌上写，在卧室的梳妆台上写，把写作放在第一位，除了写作之外，其他都不再重要。

就像她现在认为照顾婴孩是所有事情中最重要的。很快，她就不会再这么认为。我确定。

——当年，我们的通信几乎戛然而止。有了电脑之后，过去那些以纸和笔来传递的情谊忽然变得陈旧、失真，渐被遗忘，可人面对虚空的倾诉欲并没有消失。当写作的时候，我似乎找到了某种类似于写信的快乐。但我知道，它们是截然不同的体验。

有些夜晚，我居然想知道她有没有在写作，毕竟从写信到写作，看上去只有一步之遥。

我希望她成为一名真正的写作者，而不是谁的妻子或母亲。后来，当养育新生儿的重任告一段落后，她开始画画、弹古琴、徒步旅行以及收藏旧物。她兴高采烈地做着各种事情，似乎很充实，很满足；她不停地变换兴趣，似乎也在说明一切欢乐都没有那么容易持续。

我终究没有问，你还写东西吗？

在所有的事情中，写作是最适合你的。

你要写下去。

……

所有这些没有发生的对话，都成了自我激励和自我鞭策的工具，与他人无关。我们在 QQ 和微信上偶尔进行的对话，显得平静而无波澜。那种曾有过的在书信和文字里生长出来的亲密感，当失去存在的土壤，便成了尴尬和虚空；努力想要挽回一点，却无从下手。

她当然知道我在写东西，也或多或少看过一些，但不作任何评价。即使不慎谈及，不是轻描淡写，就是充满偏执。

你比之前写得好多了。

或者，我并不喜欢现代主义的东西，我不是说它们不好，难道它们真的比古典派和浪漫主义的东西要好吗？

中国现当代的小说我看不进去。

感觉太脏了，一点也不好看。

……

她一袭白衣、弹奏古琴的样子很美，很"浪漫主义"，给人一种"超凡出尘"之感。当然，我根本不会有这种感觉，内心产生的甚至是另一种完全相反的情绪。我忽然感到自己是把她当一个"标本"在观察，而不是那个曾与我产生过亲密关系的人。这种感觉类似于当一个人与另一个人结束恋爱关系后，忽然具备了一种"批判性"的眼光。

我无法回答她现代派是不是比浪漫主义更好这样的问题，即使心里明白，也无法以辩驳的形式说出口。况且，在她心里是有明确答案的。我不愿把这种"不合"放大，一旦如此，非理性的无可控制的争执就在所难免。那次西部旅行中，我们就因小事闹得不愉快，彼此都无法控制。一切都归于当那种亲密感忽然流失之后，又无法建立正常的朋友之谊而导致的后果。

退而求其次——我们都知道那不可能；回到从前，那更加难以做到。她将很多时间用于追求琴艺上，但我不懂琴事，便无法感同身受。倒是她的随笔《学琴记》再次显示了深厚的古典学养——这也是当年让我感佩的地方，不仅是感佩，简直是生出崇拜之心。

一向以为，难以企及的爱与崇敬是友谊产生的温床，同情和过分关心则会适得其反。我希望她继续写下去，不要放弃。或许是我的语气过于急躁，言辞不够慎重，让她生了反感之心，也有可能她并无此打算，总之，那段时间，我们之间好不容易找到的话题，面临着随时被蒸发的可能。

她大概很难理解我的心情，以为我是急功近利之徒；我对人世确有一种急躁的心情，不允许松懈和怠惰。推己及人，也是如此。

写到这里，不由想起另一位朋友。

那天清晨，我还在睡梦之中，她来敲我的门。那是异乡的酒店，她站在门外，满脸倦意，似乎失眠了一夜。几年前，我们在一个写作培训班里认识，吃饭散步都在一块。多日未见，她的脸依然让我备感亲切。我们安静而略显局促地坐在各自的椅子上，面朝对方，并没有需要大声说出的话。

有轻微的空调带出的风声吹过耳际，一些属于清晨的凉意在体表蔓延。忽然，她站起身，似乎要向着门的方向走去，但她没有马上离开。她的声音很轻，好像是在自言自语。她说，你要写下去。既像是鼓励，也像是在陈述某个事实。我整个人似乎震颤了一下，但这种震颤马上就过去了。我完全明白她想说什么，这也是我想对她说的。

——我们都明白自己会写下去，也希望对方写下去。

那趟西部旅行，我们差点不欢而散；如果没有我的女友 W 在场，或许半途就分道扬镳了。在内心，我曾寄希望于她，尤其当感到困窘与艰难之时，她要是写作，一定比我写得好，甚至比我身边所有人都好。我说的是真正意义上的写作，不顾一切地去写。

旅行回来之后，我们之间的联络明显疏淡了。偶尔想起时，心里涌现的还是当年校园里的情愫，偷偷地将信放在传达室里，害怕在校园的小径里不期而遇，那份惴惴不安感，在每次收信、读信的刹那，格外强烈。

此种羞耻的经历，从未与人谈论过。当年晚自修结束后，去往8号楼寝室的浩浩大军中就有她的身影，有时候还能听见她与人说话的声音。我经常把她与她们班里另一名女同学搞混，看见那个女孩时恍惚以为是她，但是她们的声音完全不同。

她拥有一种独特的嗓音，我无法模仿。那修长纤弱的身形和体态给人一种少女的柔弱感，却不限于此。别人提及她，都说她不甚用功，却成绩很好，给人一种天赋和出生都很好的错觉，后来她自己说，事实并非如此。

我能想起的还有她异乎潦草的字迹，风姿洒然，有一种少女的落拓与不羁。这样的字迹自然无法通过申论考试；她说起毕业后曾参加过公务员考试，这一门考得奇差，落榜也在情理之中。

每个人都在寻找自己的出路，我在尝试过诸多可能性后，选择了写作。和所有道路一样，它最终会走向失败。一旦想明白这一点，倒也坦然了。

那年，我们的通信戛然而止，原因在我。暑期到了，她准备留在学校里实习，而我回家。我们约好保持联络。她与学校门口小卖部的老板娘打了招呼，让我将信寄到那里。

但我没有写信。

回家后，我再没有办法写那样的信。家是另外一个地方，是一个泥潭。挣扎者在此越陷越深。我每天都在想着与她的承诺，要给她写信，哪怕只是寥寥数语。那时候，哥哥与整个家庭的矛盾已经白热化，争吵是家常便饭，绝望的情绪像蛇一样缠着我们每个人，短暂的缓解期过后，隔不多久便卷土重来。

越是压抑，人心越容易处于隔绝状态，要么全盘倾吐，要么一点缝隙也不愿透露。我想着她连续好多天，撑着那顶粉色阳伞，穿过炎热的校园，去问老板娘有没有她的信。一次次满怀希望，一次次失望而归，漫长的两个月里，她什么也不会收到。——我无法解释自己的行为。在那种环境里，任何倾诉于我而言都是一桩羞耻事。

一想到，我有可能在信里说出一切，毫无保留，就感到难言的焦灼，好似"赤身裸体"于人前，之前曾竭力保持的美感都将荡然无存。那个夏天异常难熬，午后的滚滚热浪中，我去溪边行走，想着世间万物无不顺着流水而奔走，今日之事也将如此。我应该忘掉那个承诺，既然它注定无法兑现。

返校那天，我背着行李从她宿舍门口经过，她一下子就看见了我，彼此都感到有一丝尴尬。而我因为爽约，倒比平常更显得冷淡，胡乱扯了几句之后，马上走开了。

多年之后，我们以一种交换"秘密"的方式，聊起各自的原生家庭，以及无可逃脱的命运窘境。谈话中，我们小心翼翼地保持着诉说的分寸感，不刻意打听隐私，也不着意回避，如此理性和克制，好似再没有什么东西可以伤害我们了。

那些深渊，被时间填平了，惶恐感也随之消失，一切都不复存在了。我不再渴望朋友，也不需要任何友情来平复生命本身的孤独。如果说我曾经迫切地渴望获得另一个人的友情，那个人只能是她。

某些场合，我把她归入难以复制的朋友行列，连同那段记忆一起封存起来。我很少想她，几乎遗忘。

某一天，她忽然发来一个中篇小说，大概有四五万字，说是从秋天写到春天。——这也是小说里的时间跨度。她要我好好看看，并提意见。其实，看过一两段后我就明白是怎么回事。我给一个搞编辑的朋友也看了，他的感受和我一样。

我既不知该怎么和她说，便决定实话实说。现在想来那或许是残忍的。我开门见山，直接说她写的东西已经过时了，再没有人这样写小说了。通篇不是抒情，就是议论，一点也不简洁。那还是雨果在《巴黎圣母院》里的写法呢。

为什么这种写法现在不行了？

过时了呀。

经典的东西是不会过时的。

可我们不能再学那种手法，我们要超越它，与时俱进。——我的确感到了时间的残忍，她还在阅读学生时代的读物，对文字的审美还停留在过去，并认为这一切都是正确的。

……

她仍据理力争，叫我给别人也看看。

我说看过了，他们也都这么认为。——其实，只有一个人看过。我不敢说那个人只看了一段，就看不下去。

她不太相信我说的话，大概是无法接受自己辛辛苦苦写出来的东西，被我一嘴否定掉。我让她去看"短经典"。我不知道她看过那些东西后，会有什么感想，是不是仍旧觉得"脏"，或者不那么美。我们都来自乡村，那种地方一度让某些人觉得"脏"，为世上居然有这样的存在感到羞耻，恨不得将它们统统消灭掉。对于他们，和后来竭力去"美化"那个地方的人，我都没有本领去说服。

那是我和她最后一次交流，在QQ上，发生在三年前。

她或许在钻研小说技艺，或许并没有。她的朋友圈也不再更新，或许更新了，但我看不见。这几年来，我已很少想到她，更不敢主动与她联系。作为一名写作者，我时常感到倦怠，对自己和他人都颇感失望。

——总是被当成心理阴暗者，不健康心态的代表者，抑郁症患者，轻生者，好像写作是一项小人的事业，因为找不到光源，注定会被黑暗吞噬或耗尽。

她曾说起过一次恋爱经历，与心爱的男孩在深夜的酒吧里最后一次见面。要打烊了。外面在下大雨。酒保赶他们走，他们不走。因为无法分别，又不得不如此，两个人抱头痛哭。

我经常想起这个画面，这种属于年轻人的痛苦多么珍贵，好像人的一生只有在年轻的时候才有选择或被选择的权利。为什么那种东西没有在一个中年人体内保存下来，对痛苦的敏感会让我们看上去不显得那么萎靡不振。

如今，除了致力于成为一名写作者，我已很少想别的事。只要保持身体健康和头脑清醒，我就能写；在每天早晨醒来，还有一件事情等着我去做。这是上天对我的恩赐。

只有在写作中，我才会不断地光顾过去。她的存在，以及我们驻足过的那个少年世界，曾给过我切实的好奇心，吸引我进入，哪怕多年之后里面人去楼空、荒废空无，至少我们曾经在那里待过。

我并不是一个无情之人，但当我全力以赴地做一件事情时，总会忘记周遭的一切。

Chapter Two

我

二十三岁那年，我给家里写信，准备告诉他们我有男朋友的事。这种事情和要钱一样让人难以启齿，除了写信没有别的办法。那封信写了很久也没有写出，最后，我只寄上一张与男朋友的合照。

在那张合照里，我站在一个陌生的成年男性身边，茫然而羞涩地望着镜头之外的父母。我不认识照片里的女孩——我不认识自己了。我不仅成了父母眼中的陌生人，也让自己感到生疏。

照片之外，作为某男性的女朋友，我频频出入那些亲友聚会的场所，徒劳地认识那些转眼就会遗忘的人。

男朋友的妈妈是个眼光毒辣的人，不费一点工夫就能将我看穿。他们之间少量关于我的对话，针针见血。

好瘦啊。不会有什么毛病吧？

会做家务吗?

父母亲是干什么的?

家里有钱吗?

这是第一次,我被一个陌生的中老年妇女评头论足,还不能生气,不能有被冒犯的感觉。甚至,无意中我也在帮着他们,以第三者的眼光打量自己。我大度地对男朋友说;你妈不喜欢我没关系。我讨厌无关紧要的人喜欢我。

因为你太瘦了。

是的。

你还不太会叫人。

是的。

那你为什么不叫她呢?

是的。

喂,我问你为什么不叫她?

呃……因为,我一看见陌生人就紧张。我太紧张了。

可我妈不是陌生人啊。她打算把金镯子送给你呢。

没来得及细想，男朋友的妈妈果然拿了金镯子来。我明明一点也不喜欢那种东西，却不得不懂事地装出一副很感兴趣很贪婪的样子。看着我低眉顺眼的模样，馈赠者满意地笑了，并趁机将那东西塞到我手里。快叫妈妈。叫啊。那么多人在看着我。我宛如置身舞台中央，茫然地闭上眼睛，快速而短暂地叫了声妈，嘴角翕动的同时立即唇齿闭合，不再发声。当我睁开眼睛，金镯子已经套在手腕上了。我长久地看着它，摩挲着它光滑、充满凉意的表面，凝重华丽的金子色，想着它大概值多少钱，万一我没钱了，能不能将它卖掉。

男朋友的妈妈好像知道我在想什么，立即说，这镯子是不能卖的。你可以戴它，但不能卖掉它。这是无价的。

我感到羞愧万分，唯唯诺诺地保证自己绝不会卖掉它，相反我还会珍惜它。说完后，心里立即起了与此相反的情绪，我才不爱什么金镯子，如果有必要的话，我会毫不犹豫地卖掉它。

我虽然有了男朋友，仍感到一无所有；我虽然拥有了金镯子，但比没有金子的时候还穷——这是我当年的 QQ 签名。我承认这不是实情，因为那些话并没能表达出我内心深处最隐秘的羞耻感。

我男朋友的妈妈是个先知。她所有的担忧都是正确的。我的确不会做饭,对庞大的烹饪系统根本不知如何下手。我觉得那是魔术师,起码是心灵手巧者的事业,而我无疑不属于此类。可我会洗碗。那天吃完饭后,我主动要求洗碗。

某某,你过来一下。

你看你洗的碗,怎么外面都没有洗干净啊。

我当然是洗过碗的,可我妈并没有教我洗碗的时候还要把外面的也洗干净。但我什么也不说,默默地将那些碗重洗了一遍。我不光不会洗碗,还闹出了别的笑话,却没有一个人笑。

在陌生的领地,我领到了意料之外的耻辱,却不得不装出一副毫不在意的样子,并告诫自己真的不必在意。

很长一段时间,我对一个女孩拥有男朋友后所要面临的一切,有一种痛彻心扉的尴尬。我一点也不想在人前公开承认我有男朋友。我的表妹就没有男朋友,甚至一个男性朋友也没有。她一个人生活,给娃娃做衣服,陪它们说话,也过得好好的。而我居然不甘寂寞,找了什么男朋友回来,还要接受男朋友家人的礼物,这不是一种自轻自贱的行为是什么。

男朋友提出要去我家，去见我的父母。那时候，我的父亲还在世。我的那封信就是写给他的。信寄出后，我再也不敢往家里打电话。我感到没有脸面和他们说话，更不敢去见他们。我不知道男朋友为什么要去我家，他想去干什么。我告诉他我家太远了，咱们还是别去了吧。我又骗他说我母亲讲的话没人能懂，你去那里干吗呢。他却说一定要去，非去不可。

没办法了，我只得惴惴不安地把他领回家。近乡情怯，我的心被折磨得千疮百孔，感到再也无法露出一个正常的笑容。好在我的父母亲都是聪明人，见了我的男朋友也没有多问什么，就心领神会地把独处空间留给我们。那些讨厌的邻居却乘机在我家进进出出，一会儿借这个，一会儿还那个，还不时地用生硬的普通话和我男朋友聊几句，或者像看稀有动物一样盯着他看，露出既神秘莫测又无比狡黠的笑容，而那个木讷、寡言的被观察者却毫无所察，坐在一旁傻兮兮地笑——他根本不知道他们在讲什么。无论他们是赞美他，还是咒骂他，他都一种表情，一视同仁。

在家里，当我父母亲在场的时候，我就无法和男朋友正常说话，只会用那种陌生、僵硬的语气和他说话，或者干脆以动作或眼神表示。我羞于在亲人面前表达对一个陌生人的感情，一旦有所表示，哪怕是隐晦的表示，我便认为是一种背叛。我背叛了过去的自己，背叛了我的童年和少年，背叛了那些对我有所期待、曾将全都情感倾注在我身上的人。

我对自己有一种物是人非的感觉。那些过去认识我的人如今再看到我，或许也会有这种感觉。我不敢带着男朋友去见那些人，那些少年时的伙伴，那些我在豆蔻年华认识的人，我不想从他们的眼中看到自己的改变，尽管他们自己也有了各自的男女朋友，有了更多的变化。

我感到一个人长大后就应该斩断与过去的所有联系，那种联系没有任何好处，只会把人拖入尴尬不堪的境地。

而我的男朋友完全没有这种感受，他对我所受的折磨也一无所知。他真是一个勇敢的人，在见到我的父母之后，还提出要去见我的亲戚，我的外公外婆舅舅姨妈们。后来我想，对我的男朋友而言，见一个人与见一群人是没有什么区别的。他以前不认识他们，今后也不会与他们有太多瓜葛，甚至连他们讲的话也听不懂，即使有普通话这种东西的存在，那通常是一种场面上的话，表示友善的话，而不可能用于沟通那种隐秘复杂、晦涩难言的情感。就是说，在那种场合，我的男朋友是安全的。在一个没有因语言带来暗示和猜测的环境里，他毫发无伤，自得其乐。

后来，我问他，你就不害怕那种场面吗？他的回答表明我的猜测是对的。在这个事情上，他是一个彻底的旁观者，而我不是。我并不是在意众亲友们对他的评价，我在意的是这种评价因我而起，是我把这个人带回去，因他而起的一切评价最后都会落在我身上，将我暴露于人前。

我到底害怕什么？我的羞耻感又来自哪里？哪怕我获得的是荣誉，而不是一个男朋友，我照样会感到羞耻——这种发生在特定环境下的羞耻感，换了一个地方就不会有。不论是荣誉还是男朋友，或者别的更珍贵的东西，它们无不提醒我时间的流逝，我成了另一个人，一个与过去的自己完全不一样的人。

一个人在长大后，实在应该远远地离开自己的家乡。越远越好。再也不要回去。千万不要与过去的自己重逢。因为，在那里，除了羞耻感，我们什么也得不到。在一个小女孩与一个带男朋友回家的成年女性之间，存在着一段不可了解的过程，一个时间和经历上的深渊，一种剧变。

其实，每个人身上都完整地携带着每一日每一时，我们能看见自身的完整，但别人看不见。我们很想让别人看见，特别想让那个值得信赖的人看见，可这根本办不到。

后来，当男朋友成为我的人生伴侣，我发现自己对他一无所知，而他对我的了解也好不到哪里去。我常常在莫名其妙的委屈和怨气中，发泄着对他的不满，感到自己完全找错了人，而他自然一头雾水。

你自己什么都不说，我怎么知道呢。难道要我去猜呀。他认为语言是交流的工具，而我完全没有想过要借助这种工具。在表达最简单的欲望，以及最隐秘的想法时，我都不会去走语言这条捷径。

或许是那种羞耻感阻碍了我。我感到自己不可能与除自己之外的任何人说那种话，那种简单易懂，不会产生歧义，谁都会说的话，哪怕那个人是婚姻中的伴侣，是生命中非常重要的人。

不用说，我们彼此都感到寂寞，还有难言的怨气。目睹对方在自己面前行走吃饭，做一些隐秘之事，说一些可笑的话，表现出对琐碎之物的热爱，却无法在彼此之间建立一种与之相匹配的亲密关系。

时间一天天像流水一样淌过去，我大概已经感到无望了，既然我无法彻底杀死那份根深蒂固的羞耻心，就不可能有什么进展，也不会出现任何转机。在这个世界上，每个人对自己的形象都是有过自我期许的，我们爱着自己，不允许毁坏自己以获取什么，否则那便与堕落无异。

那位由男朋友升级而成的伴侣，有一项持久而根深蒂固的爱好：喜好饲养热带鱼。夏天给它们降温，冬天给它们加热，并通晓各类菌群知识，防治鱼类疾患于未然。往夸张处讲，他对那些鱼的了解在对我的了解之上。即使如此，他也没能做到让它们永远活下去。那些鱼不断浮上清晨的水面，成为一具具漂亮而透明的尸体，最终被淘汰出局。

但热带鱼的总数量并未减少，他总趁我不备时，偷偷地将更多的鱼搬运回家，努力制造出一种生机勃勃的假象。我主要是受不了那些尸体，哪怕它们美丽而透明，带着水生动物天生的优雅姿态，可那依然是尸体，它们只会给生活带来阴影。

我们之间的矛盾终于在某个夏天的清晨爆发。热带鱼只是一个借口，人们在寻找借口的时候，总是慌不择路，顾不了那么多。在剧烈的类似动物撕咬似的争吵中，我感到痛快淋漓，很久未曾如此任性恣肆、不计后果地说出一切了。我一会儿疯狂地大笑，一会儿泪流满面，宛如一个患歇斯底里症的病人，沉浸在自身梦境一样的语言和行为方式里。那些像子弹一样冰冷的话从我嘴里发射而出，准确无误地落入那个人的耳朵里，他的表情越是惊异，我心里越是舒服。我有一种完成重大使命后的快感，简直想快乐地大叫了。

他对我的激烈反应只有干瞪眼的份，看不明白，还以为是那些死鱼破坏了我的心情，他决定以后不再养鱼，反正也养得腻味了——我知道这不是真心话。至于那些鱼，它们只在鱼缸里游，永远也游不到空气中，其实和我的生活是没有太大关系的。

可我不想解释。我顺利地表达了自己的愤怒，哪怕是以那样极端的方式，那也是一种方式。我感到某种解脱。短暂的解脱。

死鱼的借口已经使用过一次不能再用了，况且他也真的不再那么热衷于养鱼了，既然它们总是要死的，徒增伤感而已。

我们的生活重归缄默的日常。没有更多的话，更没有耐心听彼此说什么。无疑，属于我们之间的共同区域在增长，这是时间流逝带来的馈赠；而那个核心区域始终如冰封的湖面，任何极端的行为都不能让它消融片刻。

也许我们可以成为很好的朋友，只在喝醉酒的时候说说心里话，醒后就把一切都忘掉。我没办法在清醒的时候说那些话，他则认为那些话根本就不存在——他的言行一致给我一种强烈的虚幻感，似乎我是一个异常之人，一个不懂得生活的人，所有的纠结与苦痛都显得滑稽可笑，毫无意义。

我当然并不认为自己是可笑的，我只是想与这个伴侣建立一种亲密关系，一种人类之间所能抵达的亲密，那不是梦境，也不是醉酒后的行为，而是一种日常可能性。如果我和他之间都不能建立那种真正意义上的亲密，那与任何人都不可能。而事实或许是，人们永远也无法梦见身边的人。

某些夜晚，我们会去一些陌生的道路上散步，试图去寻找那些被我们遗忘了的语言和记忆。我以为它们可能存在于黑夜和遥远的星辰里。但我们大多数的交谈时间是在入睡前。我就像活过了很多个世纪的人那样，慢慢回忆起童年时代的往事。因为不喜肉食如何在亲戚家把碗里的肉一点点费尽心机藏匿起来，以及在某次夜航船上，看着为自己所厌的奶油冰激凌一滴滴融化在甲板上，而不知如何是好。还有那件红得像鸡冠花似的上衣，我同样不知如何处置。所有那些东西都是别人好意赠予我，本是莫大的恩赐和荣耀，在我这里全成了煎熬和羞耻，是无法掩饰的人生窘境。

我记住的全是这些不堪的事。它们在过去的时间里静静地扩张、发酵，成为某种创伤性的记忆不断得到强化，根本没有被遗忘的可能。每次，他不是以插科打诨就是以鼾声，来回应我漫无边际的絮叨。

那些夜晚，面对黑暗和墙壁，我说了太多，但最重要最不堪的部分始终没有说出。我没有想好如何将它们从深渊和地窖里挖掘出来。当有一天，我心里再也没有了那些禁忌，当我有足够的力量去克服那些无足轻重的羞耻感，懂得如何领回真正的自己，而不是一个虚假生硬的形象，我就有办法了。

我想起很久以前，小学三年级的时候，某天中午，我被新来的老师留下来背诵课文。对于那篇课文，我早已熟读能诵。在教师办公室背过一遍后，老师却说这是死记硬背，转而要我抄写生词。一起留下的都已经走了，回去吃饭了。只有我饥肠辘辘地等在那里。

然后我的母亲出现了。我听到那熟悉的声音，她在和老师说话，让老师先放我回家吃饭，还说小孩子吃饭最重要。成绩的事情慢慢来。

母亲还说了些什么，我已经听不清了。

回家路上，我几乎狂奔似的跑着，一边跑一边哭。母亲拿着饼在后面追我。我一点也不想在这种时候看见她，更不想听见她和老师说的那些话。我认为自己被留下来的真正原因不是背不出课文，而是因为长得太胖，穿的衣服也不好看。而母亲永远也不会知道这些。

母亲以她的行动把陌生人留给我的羞耻，永久地保存下来。如果没有她，我或许已经遗忘了此事。这也是我憎恨与别的生命体太过亲密的所有原因。而且，越是亲密，越容易让人感到羞耻。

Chapter Three

少　女

1

　　那是我们所有人第一次离开家，住进一间由教室改造而成的寝室里。墙壁脏兮兮，床铺嘎吱响，窗玻璃是破损的。深夜的风从破损的地方进入，吹到我们露出被窝外的脚尖上，有一种露宿荒野的感觉。

　　那是1993年初秋，我们带着饭盒、大米、换洗衣物、零钱等，成为珠溪中学的一名寄宿生。几乎所有人都携带一只大箱子上学，那种木制的箱子是祖母或母亲的嫁妆，油漆剥落，死气沉沉，又因过于庞大、装物太少而显得体形荒诞。

　　我没有箱子。当她们挨着床铺灵活地爬上爬下，把毛巾挂在床沿与窗缝之间的绳索上，站在各自的箱子前叽叽喳喳地吃饭，我只能站在窗前角落里，稍有不慎，那个吃了一半的饭盒就会从窗台"哐当"一声掉到水泥地上。

那个女孩有一只漂亮的绿箱子，类似于夏天卖冰棍的小贩用的木匣子，却要精致许多，那鲜明的绿漆早已与木头的纹理渗透，融合无碍，给人一种奇异的沉静感。

箱子的主人就是小莫。那时候，我并不认识小莫。她是隔壁班的。她和别人不同，从不站在自己的箱子前吃饭，有时侧身坐在寝室外面的台阶上吃饭，有时站在那排水泥栏杆前，背对着我们，好像被人撞见在那种地方吃饭是一件羞耻之事。

通常当我们还在叽叽喳喳地把脑袋埋在饭盒里，边吃饭边大声嚷嚷的时候，小莫已经吃完，拿着铝制饭盒从寝室外面走进来，她体形纤巧，走动的时候有股难言的轻盈感，让人想起春天的燕子轻而欢快地掠过池塘的水面。

很长一段时间，我都不知道这个女孩是谁。她一开始就显示出的与众不同给人一种暗示，让人忍不住去猜测她的来历。她为什么要来这所简陋的乡镇中学，她应该去一所更好的学校，住到一个更好的宿舍里，更不用以花布将自己隔绝在逼仄的空间里。

是她床前那块蓝底白花的布吸引了我，很多年后，我才知道那种白花叫鸢尾。它们长在水边，叶片轻盈，花瓣缀着露珠，带着水生植物的清亮与光芒。

小莫在那块棉布所遮的地方听歌、睡觉、发呆，偶尔发出一点声响，那是她戴着耳塞跟着磁带里的流行歌手在学唱。她总是很谨慎地不让自己发出更大的声音，生怕引起别人的注意。她不知道我们早已关注她，任何从那个角落里发出的声音都会引起我们的侧耳倾听——蓝布一直垂挂床前，本意是要与世隔绝，结果适得其反。

黄昏时分，晚自修的铃声响起之前，我们从寝室里出来，走在那片通往教学楼的水杉林里，高大挺拔的树木将微光局限在一片昏蒙的区域里，循着暗夜来临之前的最后一些光亮，我们悄无声息地走着，脚下树叶发出轻而温和的碎裂声，深秋的晚风携带着远方的凉意而来，让人疑心这片林子就像漫无边际的青春期，走不到尽头。

或许，在那片水杉林里，我看见过小莫匆匆行走的身影，那个身影和我一样走在去往晚自修的路上，可我想不起她的脸，她进一步的容貌更无法得到确认。印象中，她的皮肤比一般女孩略黑，脸庞小而精致，双眸清润，耳形秀丽，没有佩戴耳环，耳垂上也没有留下任何孔洞。总之，她整个脸部的轮廓极美，举手投足间漫溢出一股少女的清丽与哀愁。另外，那时候，她的唇上已经长出一圈纤细的淡黄色绒毛，让人联想到一种叫桃子的水果。

现在，我还能清晰地想象她的声音。如果有一天，那个属于她的声音在我耳旁响起，我一定可以毫不费力地捕捉到。那些人的脸我已经记不住了，她们的声音却依然存在，所有在那个时间段里认识的人都有一种与众不同的声音，没有哪个声音会互相混淆。

2

学校后面有一座寺院，不远处是农田和溪流。露天电影就在那个晒谷场上每周三如期进行。我们很快就深深爱上了这每周一次的狂欢夜气氛，没有作业，不必上晚自习，教室和寝室都空荡荡的。

所有人都在外面，在夜色弥漫的田野中穿梭，在白色幕布的前面和后面奔跑，或者安静地坐在某个坡地上，聆听溪流发出的声响沉浸在渺远事物里暂时遗忘了一切。一名十三四岁的少年但凡经历过这样的夜晚，都会变得和往日不同，他们会在日记里记录下一些微不足道的事情，某部战争片的结局，某场影事的中途忽然暴雨如注，银幕上盗贼窃了古墓被判斩首，鲜血把河水都染红了，等等，却对真正触及内心的东西避而不谈，不是他们刻意想要隐瞒什么，而是那些东西的存在非常隐秘，飘忽不定，很难被人清楚地意识到。

对那些夜晚可能发生之事，我早已淡忘。没有具体的细节，更没有戏剧性的场景让我记住其中的一两件。只有一种模糊的情绪，隐约的兴奋感到了周三的中午便被周期性地激发出来。

并不是所有人都会赶去看露天电影，谁也不知道那些不去看电影的人去了哪里，当我盯着那块白色幕布时，身边大都是附近的村民，比我小很多的尚处于小学阶段的孩童，却很少看到与我一起学习的人。

有人看见小莫坐在那个寺院门口，几乎每天黄昏都坐在那里，连星期三也不例外。从吃过晚饭到晚自修开始这段时间，她都在那里。

她们说她在等一个男孩。那是男孩上学的必经之路。

这件事情忽然被很多人知道了，他们不自觉地加入传播这个事情的队伍中。男孩的父母不仅知道此事，还发出了明确的反对信号。看来，事态已经扩大，发展到了对小莫不利的地步。

我一点也记不得和小莫怎么熟识起来，并成为她的核心密友，参与她的秘密，知道她有时候点着蜡烛坐在寺院门口的石凳上等那个男孩，不知对方已经更换了上学之路。

有一天，小莫对我说，你帮我去问问那个人看，为什么会这样。

于是，某天放学时分，我果断地将那个人拦截在教学楼后面的水杉林里。我问他为什么要这样。我用的是小莫的语气，而不是我的。那个人没有说话，只是莫名其妙地望了我一眼，好像在埋怨我多管闲事，或许是认为我不够美，根本不可能懂这些事。这一眼触怒了我，我将他的沉默视为拒绝，并将此结果添油加醋转告给小莫。

后来，那个下雪天，那个男孩带着三个朋友来我家找我。我们一起去了小莫长眠的地方。积雪很厚，但并没有将整个大地都覆盖住。我们踏在泥泞的雪路上，风把雪花吹在脸上，寒冷像饥饿的兽在天地之间肆虐，伺机吞噬掉我们。天寒地冻，一旦想到此行是去看望一个死去不久的人，我便感到极不真实，似乎所有的一切都是舞台上发生的事，总有一天，我们会被告知演出结束，悲伤终止，死者复生。

站在小莫埋身的地方，男孩表示等以后有钱了，一定要将这个地方修缮一新，弄点石狮子石凳子什么的。男孩黯然而坚定的神情，像是在进行某项宣誓活动，而我们是被应邀前来观摩的。我想起清明扫墓时看见的那些老人们的墓地，非常气派，他或许也想要将小莫长眠的地方装扮成那个样子，弄成一个真正的坟墓的样子，一个墓地所要具备的硬件设施它都要有。

男孩的想法天真而虔诚，带着赎罪的意思。我忽然有点可怜他，当同龄人还在为学业发愁的时候，他却在想墓地的事，想着将来如何安慰亡人，以弥补过错。他的想法世俗而实际，是对成人思维的模仿甚至照搬——那是小莫死后，他唯一能想到的可做之事。

3

1994 年春天，我们的体育课统统变成了跑步课。我们不仅在学校的煤渣跑道上跑，还跑出校门，跑到竹林和晒谷场。我们绕着村子跑一圈，跑上山坡，在林子里跑，在草甸上跑，跑过水电站，婴孩塔，废弃的养蜂人的小屋，最后，我们沿着湖的边缘跑。

地点的改变给枯燥的跑步课增添了乐趣，而且每次奔跑的线路都不尽相同。一旦开跑，我们便无法停下，好像脚下有无穷无尽的力气，从我们奔跑的动作中不断生长出来。

那年春天，我们年轻的体育老师带着全年级的同学在路上跑。当我们在教室里上英语课、数学课、地理课，他们在跑步；当我们看着窗外发呆，他们已经跑到那个山坡上了。

少女小莫也是其中一员。当我在数学课上发呆的时候，小莫和她的同学们正跑出校门，跑上坡地，跑过竹林，沿途经过水电站，婴孩塔，废弃的养蜂人的小屋，还有一条长长的被松针覆盖的林间小路，他们肯定会绕着湖水跑，或许不止一圈，一切都取决于那个年轻体育老师的心情。

我和小莫无数次地跑过那个湖泊。在身体的晃动中，我只感到湖水不是水，而是某种固态物体的凝聚，以蓝绿色系的目光笑意吟吟地望着每一个经过它身边的人。

后来我才知道那不是湖，而是人工水库，日积月累，成丰盈的蓄水池，以备旱季灌溉之用。随着夏季来临，我们不再跑步，开始在校园的阴凉处练习投掷铅球和仰卧起坐。

也就从那时候起，小莫开始坐到寺院门口的石凳上。天黑了，晚自修的铃声响了，虫鸣沿着草叶爬上来，她还坐在那里。她随身携带火柴、白色蜡烛、水果刀和酒精饮料。她点着蜡烛，在自己手腕上划上很多刀，任酒精饮料烧灼喉管和胃。一天天过去，她在那个寺庙门口，反复折磨自己的身体。经过那里和没有经过那里的人，都看见了，知道了。而小莫只想让那个男孩看见，想让他知道。

男孩不再经过此地，男孩的妹妹监督着哥哥，和他一起上下学。有传言说男孩可能要转学，举家跟随即将出门打工的父母出远门。

有一天，小莫从寺院门口的石凳上起身，回到黄昏的水杉林里。水杉林东边有一排水龙头，那是学生们洗漱和清洁物品的地方。角落里有一口井。

那是 1994 年初冬，井水温暖而洁净。清晨时分，有白色热气从那个圆形孔穴里冒出来，到了黄昏，便有师生陆续来井台边浣洗衣物。穿深绿色毛衣的小莫蹲在那里洗头。她的头发很美，乌黑而充满光泽，此刻湿漉漉的，往下滴着水。暮色中，她一遍遍地从井里汲水，一遍遍地洗愈发黑亮的头发，好像它们天生地需要水的润泽。

除了那片静默挺立的水杉林，谁也不知道小莫是何时离开的。很多天过去，井台边依然散发出一股淡淡的洗发水的气味。在以后的生命里，那种气味一直没有再次出现，以至于我并不能在此将它准确无误地描述出来。

4

那个住在寺院里的人，一个和尚，穿黄色僧衣的人，在昏暗的寮房里，向我们讲述另一个世界的事情。他说的那些，我们并不感兴趣，也无好奇之心。可是，一个僧人能耐着性子和我们说那么多，到底想要达到什么目的呢——这是让我们颇为诧异的。他说话时眼神炯炯，微微蹙着眉，僧衣扣子外面露出的喉结一鼓一鼓的，好像在艰难地吞咽口水。

他具体说了些什么，如今我早已忘记。只是他的神情，好似在描述一个比亲眼所见还要确信无疑的世界，他不仅自己相信那个世界的存在，还要迫切地说服别人也去信。

我和那个叫英的女孩，除了觉得好玩，别的什么感觉也没有。在经过寺庙门口时，我们会嘻嘻哈哈地打趣道，哎，我们的师傅住在里面呢。哎，哪一天我们不用上学，随师傅一起去云游算了。

师傅总是不定期地要求见我们，用同一种语调，简洁而反复地描述同一个世界；也有很长时间没有现身，不知去了哪里。当我在别处，在山坡或稻田边上，看到那些黄色外墙的庙宇上写着"佛"和"南无阿弥陀佛"等字时，便会有一种很奇怪的感觉拂来。如果那房子的颜色和普通民居一样，或许便不会有如此感觉。我并不知道那到底是一种什么感觉，在以后的日子里不断地去追溯它，却毫无结果。我总是感到莫名的不安，有一种试图将我们带离这个世界的力量始终存在。

那是 5 月的一个中午，天气燥热，让人昏昏欲睡，那个穿黄色僧衣的人忽然出现在学校操场上。他拎着一袋枇杷，一摇一晃地，向教学楼这边走来。他的出现引起了轰动，在他身边马上围聚起一大群男同学，他们拍手，吹口哨，兴奋地尖叫。

我和英已经出了教室，站在走廊上，穿黄色僧衣的人向我们走来，将手中的枇杷递给我们，双目炯炯地望着我们。在众同学的簇拥下，我们走在去往笑眯眯照相馆的路上。一路上，那些男孩始终跟着我们，眼睛晶亮地盯着我们身边的那个人看，除了拍手和尖叫外，他们还想要发出某种更为明确的信号，却始终没有找到合适的语言。合影里，我和英穿着校服，很不自然地站在黄色僧衣的两侧，手脚僵硬，不知该如何摆放。

"师傅"到了另一个地方的另一座寺庙后，给我们寄来一包佛经书籍，黄黄绿绿的封面，印着菩萨或佛陀的像，都是一些宣扬因果报应的小故事。在随书附寄的红色小本子上，我和英都被郑重地赐予了法号。我们默念着那个法号，两个字的，是世俗世界里俩姐妹的命名方式，一种很怪异很新鲜的感觉。

放暑假了，"师傅"来信邀请我们去那个叫太平寺的地方玩。我们当然没去。一个青烟缭绕的世界，弥漫着香烛瓜果的气味，还有木鱼声声，这哪里是我们应该去的地方。

那时候，我们经常跑到山坡上玩，躺在草甸上看树影和云朵，偶尔邂逅牧羊人赶着羊群从坡地上下来。黄昏的夕光在远方和竹林间游荡。我们大声而夸张地呼唤每个路过山脚下的熟人，他们的名字被嘻嘻哈哈的我们含在嘴里，发出模糊而欢乐的尖叫声，有一种戏弄人的快感。

小莫失踪的那个黄昏，我们就躺在山坡上。后来，我们又赶回那里，不过心情完全变了，小莫的名字被所有人含在嘴里，哽咽着无法发声，有种大难临头的感觉。我们打着手电筒，漫山遍野地呼喊、寻找，好似找寻失散已久的自己的魂灵。

深夜，我们疲惫不堪地回到那个摆有许多木箱子的寝室里，被小莫可能再也不会回来的绝望包围着，很快睡着了。凌晨时分，小莫来到我的睡梦中，侃侃而谈她的历险经历。她不是沉入湖底，而是去了一个更遥远的地方。在大山的另一边，靠近大海的地方，她听音乐，唱歌，伴着海浪起舞。

快点长大吧。

等你们长大了，就可以来这里找我玩了。

梦里的小莫异常兴奋，为摆脱某种我们暂时无法摆脱的东西而雀跃，大笑时露出贝壳一样湿润而洁净的牙齿。一夜间，她已由少女成为一名无忧虑的成年女性，这真让人羡慕。

这边的世界里，人们最后一次看见小莫是在井台边。深绿色毛衣，蓝色牛仔裤，黑色丝绒一样的长发。

少女小莫消失在 1994 年 10 月 28 日黄昏。

5

2016 年暮春，我完成短篇小说《少女与永生》。这个以小莫为原型的短篇，经过多年酝酿，数易其稿，终于画上句号。那天，我骑车去了郊外，就像许多年前从家里骑车到寄宿学校，一路上，往事如路边的风景，纷至沓来。黄昏时返回家中，我已如释重负。几天后，我把小说发给责编 W 先生。随后，便慢慢将此事淡忘。

第二年秋天，我与 W 不期而遇。他还记得那个小说，想了解更多其背后的故事——我不知道他到底想要了解什么。

小说以第一人称叙述，以"我"的迷惘和自省贯穿始终。小说里，小莫有一个忧郁而普通的名字：林玉瓶，而那个男孩则叫马良。小说的叙事从林玉瓶自沉多年后、"我"与马良的交往开始，中间不断穿插"我"与马良对她的回忆。这回忆常常是由"我"引发，马良无可奈何地接受，被迫配合着完成。事实上，当年的"我"几乎是与林玉瓶同时爱上马良，不同的是"我"隐而不发，而林玉瓶热情表白，最终恋情失败而自沉，以致多年来"我"心难安，感到林玉瓶的死与"我"有关。

这个小说太含糊了，我不知道你到底想要表达什么。W 坐在我面前，直言不讳地说。他好像不是指责小说本身，而是在质疑我的态度。我应该有更新鲜而明确的态度。

你应该表达得更清楚，更准确。那才是有意义的。W 振振有词。

那通常也是我对一个小说的期许，准确而清晰地表达一个东西，哪怕这世界上并没有那种东西的存在，小说家的使命不就是要制造出这样一个东西来吗？

我承认他说得有点道理。一个少女的死亡，其意义何在？我到底想要表达什么？这么多年我一直苦苦思索，却依然无解。

或许，我想探讨的是死亡本身，一个人年纪轻轻地死去，主动索死，到底有没有意义。

毫无意义。沉思片刻，W冷冰冰地说道。人们不会因为一个女孩的死而同情她。那种同情即使有，也是一时的。人们很快就会忘了她。再说，女孩的死真的是自觉选择的结果吗，还只是临时性的表演？一个少女对死亡能有什么深刻的见解？她根本就不知道这个事情对自己的人生意味着什么。

现在，几乎所有的人都已经忘了她对吧？W以一种胜利者的口吻，似笑非笑地望着我。

我从未想到我的编辑是一个如此冷静且咄咄逼人的人，他好像不是在谈论小说，而是在谈论一段无足轻重的人生。

谈话一时陷入僵局，我希望就此结束，不要再谈了。写出一个失败的小说，将它束之高阁，或丢入废纸堆，对我来说都不算什么。

有一会儿，W 没有说话。我们试图把话题引向别的地方，却没有成功。他看着我，直了直身体，好似发出离开的信号。可他并没有离开。

那是，一个很特别的故事。他迟疑地说。

我点点头。

或许，我想……你可以重写一遍。

我疑惑地望着他，好似在鼓励他继续说下去——这给了他错觉。

W 马上切换到职业编辑家的角色里，滔滔不绝。忘掉这个小说，换一个角度，写一个全新的。你不仅要完成对既定素材的超越与转化，还需具备一种广阔的人类的视野，把它当成全人类可能拥有的共同经历去写。所有写死亡的小说，没有一种哲学性的深刻，都是不成立的。当然，死亡很难表达，太多的陈词滥调，都没有意义，要想死亡具有意义，你的表达必须是有意义的。

你要知道，所有伟大的小说，最终都会指向一个共同的方向：虚无。

……

我忽然想起 W 来自那个毗邻海边的石头城，多年前那个穿黄色僧衣的人就去了那里的太平寺。有一些从那个寺庙里寄出的资料和信件，仍留在家乡的阁楼上。

你那里有个太平寺。

什么？

太平寺，我说有个寺庙叫太平寺，在你老家。

没听说过。

太——平——寺。我把那三个字，拆开来又讲了一遍。

W 依然说，没有。没有那个地方。他的声音显得冷淡，还有点不快，不明白我为什么要在一段关于小说的谈话里忽然插进一座寺庙。我不是佛教徒，他也不是。

没有太平寺。居然没有。或许是 W 的记忆出了问题，或许是因为那个寺庙地处偏僻，不为人知。或许，它真的不存在。

难道这世上并没有这样一个地方？

……

此后，我再也没有遇见 W，更没有与人谈论过那个小说。我完全放弃了对那个小说的书写。

1994 年初冬，一名叫小莫的少女自沉湖底，被人发现时双眼微睁，右手臂曲折，右手紧攥一束枯萎的水草……这些年里，我也一直在寻找小莫在那个漆黑的冬夜里所寻找的、能被我们紧攥在手心里的东西。

有时候我想，一个人在年纪轻轻的时候就能拥抱死亡，大概也是一种独特的向永生致敬的方式吧。

Chapter Four

男　孩

1

那张署名为狂风的纸条夹在一本蓝封面的诗集里。——当我准备写这篇文字时，忽然想起了它。纸条的书写者与诗集的赠送者属同一个人。他就是本文的主人公，姓杨。这是一个真实的姓，我并不热衷于在此类事情上虚构。

曾经，他不无遗憾地说，我看过你写的东西，可没有一篇是写我的。那是我们多年未见、重新联系上之后，他对我说的话。我为他的坦诚感到尴尬。我承认这是所有认识我的人想要看我作品的唯一原因。

我告诉他千万别按图索骥，里面所有的人物都是虚构的。"真的，我从不写真实存在的人。"我当然没说实话，可有一点是实情，把生活中的人物原封不动地搬进文字里，不带一点虚构成分，这似乎是一项绝难做到、也没有必要做到的行为。

现在，我决定做一次。不管结局如何，好像一旦下定了决心，便是可以去接近那个东西，一种接近的愿望和可能抵达的路径忽然被呼唤出来。

我认识杨的时候，他还是一个男孩。这和年龄无关，有些男性可以一辈子都处于男孩状态，另有一些在很小的时候身上就没了那种东西。我说不出那种叫"男孩"的东西到底是什么，以什么样的形式呈现，可我很明白，谁的身上有，谁的身上没有，看一眼就知道。

而且我还知道那种东西是怎么消失的，这大半是因为当我已不是当初那个人，也就不配再遇见它们了。这样想尽管有些伤感，大抵还是可以接受的。

我和杨是在一个复习班里认识的。那个集体的存在是为了给失败者一个重新证明自己的机会，他们的成绩没有达到选拔要求，而不得不再次学习。因为拥有明确而强烈的目的，人的表情就显得呆滞，行为也格外单一，好像这世上除了低头读书这件事再没有别的。

杨似乎与他们不同，我不知道这一印象来自哪里，大概是因为那时候他经常晚归，每逢上课铃声快响起，他才袖着手，东张西望，从门外踱步进来——当走到门框底下，才忽然垂下头，三步并作两步，快速坐进自己的位置里，生怕被谁发现。其实根本没有人会注意他，那时候他个子很矮，比我还矮一些，坐在第二横排靠墙的角落里。

或许就是因为这个画面的持续发酵，那时的我总认为杨不太用功，即便后来知晓他总是一个人去河边看书，几乎独来独往——也没能让我改变这一主观印象。

他在学习上面临的窘境很快就人尽皆知，没有人因此感到惊奇，他的散漫与此是相匹配的，不然如何解释这样一个人，如果用了功，发了狠，怎么会那么差劲。杨似乎也从不为成绩之事发愁，试卷发到手后，瞥一眼分数栏，快速揉搓成团，塞进课桌洞里。——整个动作异常流畅，全班至少有三分之一同学见证了全过程。

在那个班里，不用功者是少数。少年们一旦用起功来，就变得沉默寡言，举手投足间散发出沉闷的气息，慢慢地各方面都无可挽回地接近于成人了。因此，不用功的人总被解读成具有某种反抗世俗倾向的人，与成人世界保持一定距离的人。杨给人的感觉就是如此。他似乎是骄傲的，因为他不在乎，至少没有别人那么在乎。

有几个周末，我带了课本，也去城外的溪边看书。看群山的倒影，看白茫茫的芦苇丛，看水鸟飞过头顶上空，却无法把注意力完全集中到课本上。杨也经常在那一带出没，偶尔会在路上遇见他，他低着头，腼腆地一笑，从我面前快速走过。

那是一条很美的溪流。溪床宽阔，流水潺潺，给人一种远离尘嚣之感。许多年后，我还时常回想行走其中的感觉，并且在一个小说里描述过这种感觉。

"河对面的房子和树，看着都很遥远，也不见人，好像那是另一个世界。"那是秋天的河流。

"冬天了，河水仍在流淌，两侧河滩上有少许积雪，它们与裸露的溪石、荒草相映照着，有一种蛮荒感。"那是下雪天。

我承认，所有对那条河流的尝试性描述，都只是一种努力为之的靠近。事实上，我的那部分记忆早已如废园般荒疏了，甚至无法回想起任何一个在河边行走的细节。

复习班快解散的那一天，杨从我宿舍的窗外扔进一束野花，淡绿色细碎的穗状花瓣，密密实实地盛开着，给人一种簇拥感。我收拾完行李，离开那个房间的时候，它还在窗台上开着。地上落了一层黏稠的花泥，炎热天气里植物的清香慢慢地被另一种气味所取代。

——那束花就采自那条远离尘嚣的河边。

2

就在那个复习班里，我第一次品尝到醉酒的滋味。从口腔到肚腹，都在燃烧；从毛发到皮肤，都散发出酒精的气味——那是充满强烈暗示性的、表明精神堕落或即将堕落的气味。

事情的缘起是我违反了那个环境里人人遵守的保密原则——我并不认为那些事情有什么值得保密之处——因此受到来自众人的攻击。杨也是其中之一，并且夸大了事实可能造成的危害，让我感到某种灾难随时可能降临。后来我才知道，他可能只是想吓唬我。

黄昏时忽然降临的内疚与恐慌，让我接受了他提供的白酒，56

度红星二锅头，100ml 装。

后来，当我们失散多年重新联系上之后，杨便选择在一些醉酒的夜晚给我打电话。他的嗓音里充满浑浊的气息，让人厌烦。酒精不仅让他口齿不清，还丧失了对他人情绪的捕捉能力，或许是不愿意捕捉。

"嘿嘿，今晚我又喝醉了。"他的开场白总是如此。

"喝酒很好玩吗？为什么那么喜欢喝？"几个回合下来，我已变得毫无耐心和同情之心。

"没有办法呀，都是为了工作嘛。"电话那头，他笑嘻嘻地说话。酒精让他变得开朗又自信，即使隔着遥远的距离，那种气味仍旧强烈。我永远记得，在那个黑暗的宿舍里，我的鼻孔、口腔以及整个身体都散发出这种气味，我厌恶这种气味。我厌恶人在困惑与伤感的时候必须要用酒精来表达，并且这种表达方式如此不隐蔽，弄得人尽皆知。

后来，我慢慢回忆起，在复习班读书那段日子，杨也是偶尔饮酒的，红星二锅头这种东西他是常备的。看来，他早就学会了如何自洽，如何让自己愉快地忘掉一些事情。

那段时间像一潭死沉的水，黏滞、污浊，充满煎熬，让人厌倦又欲罢不能。有人在深夜的路灯下读书，惹得窗户里的失眠者频频往外扔掷石块，那些苦读者却毫无察觉。他们埋头苦读之余，还丧失了对季节的感受能力，雨声中栀子花的香味，他们闻不到了，从遥远的远方吹来的风，只能让他们更加心烦意乱。

他们寄希望于时间本身，希望考试的日子快点到来，这比什么都强。这当然没有那么容易。无休止的复习，重复记忆，让人处于一种幻觉与眩晕交织而成的状态。有些瞬间，我们好似在渴望一件大事的发生，一件平地起惊雷的事，某种属于所有人的变故，足可以把我们从梦魇般的状态里解救出来，去面对真正的现实，然而这种渴望就像它出现时那样迅速消失了。

传到耳边的读书声开始变得怪异，好像是另一个人的声音，以某种惩罚性的手段经我们之口无意识地发出。我们所有人都在忍受，依靠着某种绵长的、属于惯性的力量，并奇迹般支撑到最后，只有杨在最后的午餐上，显示出了某种崩溃的迹象。

他的饭盆被从楼梯上，像踢足球那样踢了下来，一路发出惊雷般的滚动声，直到平稳地坠落地面。吃饭的人聆听着那声乍响，停止了咀嚼，在幻想中发生了无数次的事，忽然来临，他们等待着，脸上浮现出某种让人吃惊的表情，却不得不低垂着头缓慢地咀嚼着，假装什么声响也没听到，什么事情也没有发生。

　　果然，期待已久的事情真的没有发生。那个盆子除了掉了点瓷粉外，还是完好。杨若无其事地下楼，捡了它，去盛饭。

　　"不好意思啊，不小心摔的。"他笑嘻嘻地解释道。

　　"哈哈，一点也没有摔破嘛。"他注视着那个盆子，充满着莫名其妙的欢乐感。

　　他们对他的行为感到失望，不过这种失望很快就消散了，他们没有时间继续失望下去。他们对这里的一切都充满了厌烦，所有人都想快速离开，永远也不要回来。

　　那个中午之后，那个班里的人我再也没有见过，除了杨。此刻，浮现于我脑海中的人绝不超过五个，并且他们的脸与名字互相混淆，呈现某种悬浮状态，是这部分记忆在消散前的征兆。

关于那部分记忆，还有另一个名字：平安街。我们的学校在平安街上，那条荒凉的街道，两边除了尚未竣工的楼房，还有一个废弃的木器厂。清晨，当我跑步经过木器厂门口，总能听到身后传来一种奇怪的声响，但我没有回头，我知道那里除了一堵灰色破烂的矮墙，什么也没有。

3

那本蓝封面的诗集以及夹在其中的纸条，寄自一所山上的学校。杨在那里读书，读的还是上一年的课本；而其他人不是升了学，就是干脆不再上学。只有他，选择回到陈旧的知识里。即使现在回想此事，我还是觉得太疯狂。没有人可以把同一本书，连续读上好几年。我真不知道他是如何忍受这一切的，为什么要去忍受它，这毫无意义。

那时候，我就隐隐地知道杨不是读书的料，读书对有些人来说真是太难了，而且人一旦读上书，所有的评价标准只剩下唯一的一个。杨不是以苦读者的形象出现在我的记忆里，他那种形象所对应的应该是一个聪明、欢乐的男孩形象，拥有一个灿烂的前程。

可现实对他并不友好。很不友好。他一而再的复读行为，好像是受了什么东西指引，明明是低概率的、不可能发生之事，他却偏要让它发生，好像这所有事情的背后有一个常人不能发现的规律，唯独他可以。

他把信写在撕下来的作业本或草稿纸上，字迹潦草，无头无尾，署名为狂风。他总说自己忙，却又很少提及现状。在我面前，他还勉力维持那种形象，一以贯之的沉默、游离，哪怕我们已经远隔千里。我自然不敢讲述新学校里的新生活，他肯定不会对此感兴趣；而我对他的生活，也没有任何兴趣。

他的回信很短，寥寥几行，写一些不明所以的心情，抄一首现代诗或陶渊明，表现出某种归隐的心情，奋斗的动力，或者别的什么东西——让人看不懂。我等着他中断通信，那我也就可以不必再写了。很多时候，我几乎将他遗忘。每当因此感到如释重负之时，从那个学校寄出的信忽然在黄昏时抵达，有一种在欢喜之时被人提醒不堪往事时的尴尬与慌乱，与此同时另一种淡漠也随之出现。我看到自己未来的时间像一条射线，通向无尽的虚空，这种孤独感是一个人仅仅在做考卷的时候所无法体会的。

"……每天除了做不完的试题，再没有别的。甚至，梦里也在做那些。"时间在杨那里不是呈前进状态，而是折返和扭曲。别人都顺利走出，只有他只身返回，扮演的却不是孤军英雄的角色。他一再地承认自己的失败，并把失败者的形象贯穿到底。

那次复读，他当然没能成功，说是最后有人利用关系顶替了他的成绩——这些匪夷所思的事一再发生在他身上，让我无话可说。他的确很惨，当初就不应该再复读，如果执意要读，就应该保证要有一个明亮的结局。可是，谁又能保证自己一定会得到足够明亮的结局？

或许就是因为这个，我和他渐渐疏远了。后来，他去读了一所自考大学，学的是法律专业。这个选择或许出于意气，或许是深思熟虑，他把自己的惨败归于社会不公，今后要讨回公道。去新学校后不久，一天深夜，他发短信问我借钱，大概急用。我及时地看见了，但没有回复。我一直记得收到短信那一刻的心情，他在异乡的焦虑，但我无动于衷。很多年里，我时常回想那一刻，如果时间倒流我有没有可能会帮助他；无论发生什么，我会不会一直和他保持联系，直到他成为一名醉酒后到处给人打电话的成年男人。

——我是不是有耐心去等待和见证这种变化。

我的答案是否定的。很多时候，我们对他人的关心，远没有自己想得那么美好和毫无保留。和杨交往到最后，我几乎成了一个冷漠的人。我能感到那种冷漠是如何蔓延开来的。我对自己感到失望，可我无能为力。对于别人的不成功，我们其实是介意的。我大概觉得杨的生活不可能会好了，没有未来，没有希望，就像我们自己的生活，太多的可能性都在丧失。

那次之后，杨再也没有和我联系，后来是即使想联系也联系不上了。

今年春天，我因母亲生病回了一趟老家。从家到医院的106路公交车经过平安街。那个礼拜，我每天经过平安街四次。有一次，当报站声响起，我忽然想下车。我真的从公交车上走下来了，站在平安街的站牌下举目四顾。没有木器厂，没有临时学校，只有纷乱的商铺，沿街的叫卖声，一些穿睡衣的女人在我面前走来走去。她们说着我熟悉的方言，那些梦中的语言，此刻需要我费点劲才能弄明白它们的意思。阳光强烈，我躲避人群，往僻静处走去。经过一些人家和店铺门口，远远地，看到一大片杂草丛生的区域，没有人住的楼房，窗户和门都敞开着。围墙上写着大大的"拆"字。一个废弃的酒厂，围墙内酒瓶子随意堆积着，好似随时可能倒塌、碎裂，发出巨响。

那一刻，我想到了杨。好像他正倚着墙，站在那个废墟里喝酒，一边喝酒，一边摔酒瓶子。杨的幻影出现在围墙边，还是当年那个矮小的男孩，把二锅头藏在衣服口袋里。

4

我毫不费劲地与杨取得了联系。我不知道这一行为已经让他产生多大程度的误会。有一天，他给我留言："你写了很多东西，但里面没有我。"

他在寻找我行为背后的动机。他在醉酒之夜给我打电话，为的也是这个。一个人在醉醺醺的时候，最能模仿出成功者的语气，也最能忽视别人的不耐烦。醉酒后的杨，与任何一个酒醉后给我打电话的、喋喋不休的男人没什么两样。我努力想象这其中可能拥有的差别，结果却让我失望。

我们相隔十年之久的第一次见面是在清晨的高铁站候车大厅里。他来我居住的小城出差，却喝醉了，第二天就要返回，而我恰好要出门远行。我们有半个小时的见面时间。尽管变化如此之大，可透过明确可见的肥胖的脸，凸肚，皱纹，我仍能认出当年那张孩子般的脸，嘴角的笑意依稀可见。

我们坐在相邻的位置，他身上有一股酒味，宿醉的气息扑鼻而来，当开口说话的时候，那种气味更加明显了。我忍受着那种气味，尽量不使其察觉，他当然没有察觉，沉浸在对自我的描述中，有点滔滔不绝的意味。他有两个男孩，一个全职太太，还有寡居的丈母娘，他赚的钱足够养活他们。他一年要去很多地方，要赚很多钱——因为需要花钱的地方实在太多了。

他急于想说更多的话；当我意识恍惚、木讷不语的时候，他也没有任何犹疑。他说的都是眼下之事，任何一个出现在高铁站的疲惫不堪的中年男人身上都可能拥有的故事，没什么特别，更没有激动人心之处。可他说着说着就停不下来，特别是当意识到我并无可诉说之事时，他更有义务保证让这个场面不至于快速冷却下来。

当他一直诉说着自己的日常花销如何庞大之时，我忽然想起，他曾向我借钱之事。他或许还记得此事。他要告诉我，他不再是当初那个穷人了，他有两个男孩，他有很多钱。

我不知该赞美他的现状，还是去否定它。或许他真的是一个有钱人了，只有有钱人才会经常提及钱，要向人证明自己至少在这方面是与众不同的。

半个小时过去，我从那个椅子上站起身，对他说："火车来了，我要走了。"我微笑地望着他，充满着歉意，为自己率先离开的事实感到抱歉。

他似乎刚刚意识到我们是在候车大厅里，我们是来坐火车的，我们是要告别的。他神情恍惚地起身，上前迈出一小步，比刚才更加近地靠近我，宿醉的气味依然明显，有一刻甚至更强烈了。他抬头，快速望了一眼检票口，下意识地挥了挥手，似乎在说："噢，没关系。

你快走吧。"

"那下次再见了。"我轻松地转身，一直往前，没有回头。我想起几个月前，我坐在故乡高铁站的广场上，那是春天的黄昏，广场上的银杏树正在冒出绿芽。在我四周，人影稀疏，青灰色的天空逐渐变得暗淡。在不远的地方，一些楼房正在被建造，工人们站在脚手架上。远处，一个小女孩跟在祖父身后，蹦蹦跳跳地穿过广场。我沉浸在一些微弱的声响里，感到那一刻极不真实，好似身处异国他乡——我不是回家，而是去了更遥远的远方。

某些时刻，当我们受了什么东西的指引，去寻找一些过去的人，我们会发现那个人和街上随处可见的人已经没什么两样，我们感到失落，如果我们不是在那个人处于小男孩或小女孩状态时便认识他们，就不会有这种感觉。我们会什么感觉也没有。

最难的是，即使他们表面上已经变得什么也看不出来，可是在某些地方，那些东西还存在着，一直存在着，世上万物一旦出现，便不会那么容易消散。

Chapter Five

老　师

一直以来，我都很想写关于 M 的故事。作为师者，他曾在盛夏的课堂上指导过我的写作，告诉我好文章要凤头猪肚豹尾——起要美丽，中要浩荡，结要响亮。

关于 M 的故事，其实并没有多少吸引人的情节。我在与他朝夕相处的日子中，并不了解他。当不再见面后，倒是比学生时代更多地看见他，但这丝毫无助于我的了解，甚至可能因此形成另一种遮蔽。我难以忘记的不是他作为师者的传道授业解惑，而是当年课堂上，当 M 在场时那种安静而焦躁的气氛，以及我在回忆中时常体验到的某种含混不清的情绪。我对 M 的回忆，常与少年的记忆混杂在一起。

那是盛夏的课堂，窗外草木繁密，蝉鸣声声，室内之人却思绪昏沉。M 的声音尽管洪亮，却略带干涩，除了授课内容，并无多余的话。

当他转身、微蹲着身躯，沉默地板书时，那瘦削的后背和并不算太单薄的双肩，总给人郁郁寡欢之感。校园里遇见，他也只是点头含笑——那笑显得游离，好像是对着某处无人经过的荒野笑。他不是那种能和学生打成一片的教师，言行中偶尔会流露出一点对我们的不满，但并不过分。

那时候，他还很年轻，那种年轻是他未来岁月中的任何时候都无法企及的。

我们之所以对某个人热爱和念念不忘，大概是因为在我们心目中有一个最好的形象被保存着。因为有那个形象打底，以后的任何变化都成了可理解和值得宽宥的。

一年过去，我们之间短暂的教学关系结束了，我和 M 的联系却未中断。M 去了另一所学校教书。M 结婚了。M 成了政府部门的公务员。M 当上了副镇长。M 成了掌管全县教师的教育局长。

在他人艳羡的目光中，M 平步青云。我知道事实本身肯定要复杂和艰难得多，在所有表象的背后都深藏着某种让人不愿深究的东西。我宁愿相信 M 仍处于挣扎之中。他在逃离。从学校逃到政府机关，从青年逃离到中年。M 每到一地，伴随着身份、角色的转变，我都感到那个地方、某个岗位也因此焕发出新活力。

照片中，M 开始显示出发胖的迹象，成为一个在视觉上让我感到陌生的人。我本能地觉得真实的 M 并非如此，是照片让他变成另一个人，是拍照时那个房间的陈设，拍摄者的潦草和审美局限，以及某种让人尴尬的东西，把他造就成那样。

既然他的中年模样是由当初那个沉默的年轻人蜕变而来，它们之间就肯定存在着某种显而易见的关系。当然，现在的他更为健谈，我相信这不是出于他的本性，而是岗位和现实需要。无疑，他有旺盛的学习能力，就如当年他对我们的懒散所表现出的轻蔑，以及在特殊时候所给予的激励。

毕业后，我和 M 见过三面。这三次见面并没有加深我对 M 的了解，相反，更多的偏见和不解因此产生。当然，随着时间流逝，这些见面所产生的印象都被无情地消弭了。我对 M 的了解是伴随着对人世了解的增长而增长的，那是一段充满犹疑、反复而漫长的过程。

毕业后第一次见面时 M 已是某乡镇的副镇长，他设宴请我吃燕窝。那种粉丝一样黏糊糊的东西，据说奇货可居。我感到很不自在，还有点失望。我对那个吃吃喝喝、不触及任何本质的场面感到失望。这个失望是必然会发生的，所以当真的发生了，我也不感到过分失望，只是有点不能确定那一刻的真实性。由简陋的中学食堂到高档餐厅，这十几年时间的快进及内容的省略，让我有种恍惚感，时间被揉搓成模糊的一团，个人的所有遭遇都在当初的设想之外，时代所发生的一切太迅疾太仓促，让人无所适从——想必 M 也会有这种感觉，当年的同事还在中学教职的岗位上，他比所有人都走得远。

由毫无实际内容，只充满象征意味的燕窝，我当然联想到了当年学校食堂里那简陋的饭菜，粉丝汤、青菜汤、海带汤，所有的清汤上面只漂着一点点可怜的油星，想必 M 也喝过那些汤，它们存在于我们共同的记忆里。在乍然闪现的回忆中，那些汤水居然带着一股清新的芳香，是之后的我再没有机会品尝到的味道。比起昂贵的燕窝，我更能适应那种味道。

M 侃侃而谈，没了当年的羞涩和拘谨，我努力透过餐桌上这个谈兴正酣的人，去望见多年前中学课堂上那个沉默的师者。我相信，总会有那么一刻，那个被隐藏的形象会显露出来，哪怕是以一种让人费解的方式。

餐聚结束，我的记忆便想要删除这次别扭难堪的会面。我开始感到任何见面都毫无必要，一个人想要了解另一个人，见面或许是最愚蠢的方式。

后来，我为自己一度对 M 产生某种失望情绪而抱歉。这种情绪的产生，既没有依据，也无道理，它只能把事物引向简单粗暴的判断上。我还知道，M 的表现是那个场合里的人所应该有的表现。况且，他的穿衣还是那么得体，比从前当教师的时候还要显示出某种风度。

大概就是因为这种风度的显现，让我觉得 M 身上依然有某种我无法看清的东西，在那些庸常的语言和行为背后，隐藏着某种只属于他自己的东西。

那些把自我紧紧地束缚在一个封闭世界里的人，比时刻不忘展露自己的人，更具有人性深处的真实，以及让人想要窥探的欲望。

我们之间有过两次通信。在第一封信里，我小心翼翼地用一种诗化的语言，祝福他的新婚。写那封信的我还未成年，理所当然地认为结婚是浪漫的，新娘娇艳的脸庞像玫瑰一样盛开，而香槟大概也是玫瑰色的，充满芳香——那些唯美派的诗集都是这么写的，自然，M的婚礼绝不会像我参加过的那些乡村婚礼，热闹，粗俗，宾客们在一番饕餮后留下杯盘狼藉，匆促散席。我在信里如此表达我的祝福和猜想，略有些抒情性的夸张，也是想看看他怎么回复我。让我颇感愕然的是，M不以为然，反而提及婚礼之后高额的债务，凌乱、琐屑的家庭生活，措辞颇为激烈，好似在同龄人面前抱怨生活的艰难和爱情的消逝，而我不过是他的学生。

另一次通信是在他调动工作后不久，由教师荣升为公务员，对此他却表现出前途未卜的焦虑，认为公务员的环境未必适合他，而教师的队伍又回不去，自然也是不愿回去。他既茫然于脚下之路该如何走，又有一种坚定的改变自我的决心。他在信里的这种反应让我觉得一切都没有变，他依然是当年课堂上那个指点江山的M，他的期盼和喜怒哀乐不会和庸常之人处于同一频率。

后来，随着书信时代的离去，我们开始在QQ上聊天，聊的却是房价、子女教育这些匪夷所思的话题，好像这是困扰我们多年的问题，终于可以借助网络直抒胸臆。而更为荒诞的是，在我们聊天的时候，他当初的新娘，如今的妻子就站在电脑边上看着他。

这样的闲聊自然没能持续多久。后来，微信朋友圈出现了。翻看 M 在朋友圈里发布的出游信息、工作动态以及书法作品成为我的习惯。也只有到了这个时候，M 作为师者的身份渐渐模糊，我们真正地成了同龄人，准确地说是同一个时代的人，没有辈分和角色的隔绝，可以谈论一些共同的话题。

但除了习惯性点赞，我们再没有谈论过什么。他在朋友圈里发布的内容，发布的频率和方式，和别人并无明显不同。他将自己隐藏在众生中，让我无法辨认，也失去辨认的必要。任何人在朋友圈里说的话，天生地带有自欺和欺人的成分，归根结底，那只是一种交际场。

可当我返乡的时候，M 再次邀我吃饭，还要求带上各自的伴侣。于是，生活中绝无交集可能的两个家庭，在一个美丽精致的饭馆里，相遇了。奇怪的是那次见面并没有给我留下任何细节。我对 M 妻子的美貌也没有过多印象。这个一身深色装束的女人，正在餐桌那头坐着，不苟言笑，显得难以接近。偶尔会有"就是她在 M 身边站着，看着我们聊天"等念头一闪而过，更多的时候显得颇为尴尬。那种场合，我和 M 自然也没能展开交谈。只有两个男人聊着场面上的话，赞美着饭菜的丰盛，或以异邦的时事为佐料，女人们则安静地聆听，不时地附和一两声，算是在场者应有的响应吧。有一瞬间，我感到学生时代离自己远去了，我和 M 之间师生关系的延续部分所发生的地点充分证实了这一点。从一个空间到另一个空间的位移所显现的沧桑感，大概就是这个时代可能拥有的全部意义吧。我还未来得及开始茫然，饭局就在一种平和、无聊的气氛中结束了。又一个空间被使用完毕，宣告终止。宾主道别，如释重负。

之后，我依然在朋友圈里经常看见 M，和我别的熟悉或不熟悉的朋友出现在同一屏幕上，展现各自精彩纷呈却面目模糊的生活。他们一起出现和消失，分不清谁是谁。除了这个略显魔幻的虚拟场所，我对 M 的了解再无渠道。从学生时代起一直存在于心底的判断——他或许是特别的，也无从得到确认。而且，我越来越放弃了这样的观点。

随着年龄增长，我们逐渐放弃了对任何事物的惊叹，即使有奇迹出现，也被我们熟视无睹，或作另一种解读蒙混过去。我们想要看见更多的事物，却又不相信眼前所见之物。

一次偶然的机会，我听到同乡之人对 M 的评判"他这个人呀很清高的哪"，忽然有种欣慰感，再问，那他究竟是如何的呀？那个人忽然变得警觉，怎么也不肯说了。或许是对他人随意议论可能会带来麻烦的想法，让他退缩了。也有可能，他真的并无什么话可说。

我们多么希望能有一种捷径可以获得对他人的了解，哪怕只是片面和偏见。而现在，这样的片面和偏见，也很难获得了。只有铺天盖地的微信朋友圈，在那里，人的苦痛和挣扎被掩藏起来，或干脆被消费掉。

那年教师节，某报纸邀请我写一篇文章。我答应下来，准备写 M。当真的提笔，却发现很难将个中真实的感觉，以语词的形式表达出来。在一个欢天喜地的节日，这样的表达除了昭示自身的茫然外，还能有什么别的意义呢？关于那篇文章的内容，此刻我已无从回想。唯一记得的是待它发表后，竟引来一些非议。由于我在文章里连带着写了英语老师、数学老师等旁科老师的教学方式，导致这些老师中的某一位愤然不平，说我不该在讲 M 好话的同时，讲他们的坏话。好像写文章和写表扬信差不多。

可能，那篇登在报纸上的文章就是另一种形式的表扬信，我很明白，那是要被 M 看见的。M 不仅看见了，还转载了它，心里肯定也是高兴的吧。

我对自己的文章能让 M 高兴这件事，有种复杂难陈的感觉。在这方面，我们之间有几乎无法沟通的、看法上的差异。我想写的不仅仅是 M 这个人，而是他身上的某种变化，时代的影子，自身的感受，以及在漫长的时空转换中，逐渐显现和无法明晰的一切。

于是，在这篇写 M 的文字里，我略去了人物姓氏、有可能遭读者误解和使其按图索骥的部分，在不影响写作感觉和事实真相的前提下，我以为这样做是得当的。至于 M 本人看到有何反应，已不是我能关心的了。

我曾以某种不明所以的语气，与一位朋友聊起过 M，他们是同龄人，有相似的生活和成长背景，或许会更多一些理解和感同身受吧。

不想，那位朋友一句话就概括了 M 的人生旅程"小镇青年，平步青

云呀"，很有些鄙夷的味道。我听后颇不舒服，但也感到难以反驳。

我不该介意的，所有关于别人人生的看法，向来都是片面而无足轻重。

当我的人生走到某些特殊阶段，M 会不时地闪现我的脑海，仿

佛一种暗示，因为他曾见证了我青涩岁月里的迷茫时刻。我时常感

到自己仍未从二十年前那个盛夏中走出来，那种密封状态里的焦灼

感，人不知去往何方，身心无处可停的茫然，并没有因时间流逝而

得到丝毫缓解。

即使在最安宁的时刻，在自己的屋子里，仍有一个声音在不断

地对我说，你必须离开，你要在这个大地上行走。不要犹豫。除了

你自己，没有什么东西可以阻碍你。

很奇怪，每当生活中发生了什么变化，我唯一想告诉的故人就

是 M。我脑海中浮现的 M，仍是当年课堂上的形象。我是对着当年

的那个人倾诉，而不是那个请我吃燕窝的人，也不是传闻中那个开

白色跑车的中年男人。那个模糊的形象是 M 年轻时的形象，那个形

象早已从这个世界上消失了。

写到这里，这个故事的脉络线已经模糊不清，其实它从来没有清晰过。一开始，我只是想写毕业之后与 M 的三次见面。这第三次发生在什么情况下，我差点忘记，以为无非是饭局或茶聚，其实是毕业二十周年同学会！

师生双方再次同处一室，场面一度热闹而尴尬。彼此之间都竖立着一面镜子，镜子内外，二十年时光飞逝，可比较、可赞赏、可唏嘘。唯独，我们看不清自己。我们永远无法真正看清楚自己。

所有人的体型都已发生某种变化，行走或即将行走在下坡路上。更明显的改变出现在脸上，少年清秀的脸庞被无情地覆盖。人与人之间的差异很大，即使同样的微笑看上去却似拥有完全不同的内容。

M 发表了讲话，这是他擅长的。屏声静气中，我试图返回二十年前的课堂，哪怕只发生在刹那的意念中。M 讲话时的语气和神态遵循的却不是当年课堂上的规则，而是另一种规则，是现在的他所经常操练的。

一袭深色风衣，里面是同色系的西服，运动和节食使得 M 的身形依然匀称。倒是班里某些男同学，在与时间的较量中，先期败下阵来。没有人听他说话，既然不是为了考试和升学，M 的话已经没有人要听了。

席间，那些向 M 敬酒的人，大部分是男同学，显得咋咋呼呼、虚张声势，好像是向科长、镇长或局长敬酒。班里最漂亮的女生也来敬过了。酒精让重逢的场面高潮迭起，不时响起的喝彩之声主要是围绕 M 而起，倒把当年的班主任、如今已经退休的白发老头晾在一边，没有人在乎他的感受，也没有人回忆过往，只有此刻的体验才是真实存在的。

聚会还未结束，M 有事要走。我送他到楼下。那是冬天的午后，包厢里燥热不堪，街上却有些清冷。M 一手捧着花束，另一只斜插在衣兜里，前行的身影慢慢汇入人群中。我站在那里，看着他穿过十字路口，走到街那边的树荫下，一直往前，没有回头，也没有放慢脚步，好像几分钟前的欢聚场面早已被他抛之脑后。

那一刻，我忽然想，其实我从来没有和 M 聊过天，一次也没有。在学校里不可能，待出了校门，我或许观望过，期待过，但最终知道它不可能发生。

人们以漫长的时间来准备一场这样的闲聊，到头来却发现已经没有人可以找到。我们假装满足随处可以遇见的谈话对象，以沉默或言语去附和他们。因为我们知道只要保持现状，就什么都不会发生，什么都不会消失。

让我感到困惑和欣慰的是，M一直与我保持着某种让人尊敬的距离。当我在人世的丛林里艰难跋涉，他走在林子的那头给我鼓励、向我招手；当看到我举止果决，步伐坚定，他会像个老师那样对我说，我为你感到骄傲——似乎他说的仅仅是我们竟然把师生关系维持了那么久。

人世短暂，自是不必待言，可当真的以一己之身获此体验，仍有一种惶然感。不知与M的下一次重逢会在何时。在漫长而闭塞的时间里，我们几乎将对方遗忘，可终究还是没有完全忘却。

每见一次面，都感到离过去的自己更远了，我不仅是走在赫拉克利特和孔子的河流里，还有一种恍如梦境之感，连河流和河边遇见的人，都有可能是不存在的。

Chapter Six

幻 想 家

1

我的小舅，十几岁时便当了泥水匠，如今五十多了，还在操此旧业。他一天也没有喜欢过这份职业，无数次宣布要弃它而去，奔赴灿烂辉煌的前程。他想象自己像某个亲戚那样大发横财，大腹便便；他幻想投资某个稀缺产业一夜暴富，从此开启人生新旅程。所有事情中，属那些以讹传讹之事最令他深信不疑、神魂颠倒。

那些年里，驰骋大江南北、魅惑人心的传销产业大概就是为我小舅这类人量身打造的。可是，小舅果断地摆脱掉它们，毫发未损，也算是奇迹。

总之，在已成过往的大半生里，在我小舅的脑海里，那些荒唐古怪、发财致富的念头，就像春草一样，一茬茬割了又长，从未消停过。好像唯有如此，他的生活才充满希望，值得接受。

小舅谈论钱财时惯于使用的单位是亿。谁谁谁如何在最短的时间里赚了几个亿。谁谁谁的身价是多少多少个亿。那个谁谁谁通常不是他小时候的玩伴，便是与他有些沾亲带故的人，至少是他听说过的，只有谈论这些人，才让他觉得带劲，好像人家的好运随时可能转移到他头上。

小舅是外婆家最小的孩子，大哥结婚的时候，他还未满十岁——这便给他永恒的错觉，好像自己永不会长大，无论长到什么岁数，在这个家里永远有人比他还大。

我在离家后，便成了他假想中的生意伙伴，合作对象，电话里的聆听者。那些从他脑海里源源不断冒出来的荒谬想法，让人连反驳的话头都没有。那一次，他谈论的是橡胶制品。他想与我合作，到城里来开店，开橡胶制品店——我的大舅就以此发家，他在羡慕嫉妒之余也想仿效。这是他所有想法中最没有创意的一个，只是蹩脚的模仿而已。即便是模仿，电话里，他仍旧口若悬河，俨然成功人士，生意场上的叱咤风云者。当然，他的热情并没维持多久就偃旗息鼓了。

直到下一次，他的"奇思妙想"再次涌现，再次"偃旗息鼓"，那些幻想之于他，就如护身符之于孱弱多病者，它们可以免除人们对危险的恐惧，而不是危险本身。

能不能这样推测，或许小舅对发财致富本身并没有多少兴趣，只是他必须这么做，他可以忍受贫穷，却不能忍受自己毫无想法，哪怕那些想法毫无用处，从来也不会给他带来财富。如果硬要与人攀比，他的生存环境可称得上糟糕，兄弟姐妹个个比他有钱。他们的存在无时无刻不在提醒他这个事实，他是一个穷人。穷人。穷人在这个世界上可意味的东西实在太多了。他们会在一个穷人身上扣很多帽子，懒鬼，倒了大霉的人，目光短浅之辈，愚不可及者。没有希望的人。

不幸的是，这些帽子随便哪一顶扣在我小舅头上完全合适，非常合适，没有一点扭捏勉强的成分。

就在几天前，母亲在电话里忽然说："小舅可能要来找你。"我嗅出母亲话语里所蕴含的危险气息，它比出自小舅本人之口，更让我感到惶然。我离家太久，一点也不希望被人打扰。

特别是被小舅这样的人。

这些天，他又癫了似的，谁的话也听不进。这是母亲的原话。在我们那里，形容一个人执迷于某事，用的就是这个"癫"字。

千万不要让他来找我。我可一点空都没有。电话里，我夸张地叫着，惹得母亲一阵叹息。

其实，小舅从没有到城里来找过我。他只在电话里找我，不时地告诉我他的各种想法。有时候，没等他讲完，我就把电话挂了。

那些荒唐可笑、不切实际的想法，可能全是他工作之余，站在脚手架上，或在逼仄的墙角落里想出来的，它们充满着钢筋水泥空洞乏味的气息，同情之余，让我感到说不出的厌烦。

2

那天清晨，小舅的电话，还是打来了。

无论如何，我都得把日子过下去啊。那些石灰吃我的手，我的手已经快不行了。我不想再干这一行了。他在电话那头向我诉苦。

我问他这一次想做什么。

兔子。我想养兔子。

养兔子？我以为自己听错了。小舅将他的愿望再次重复了一遍。没错，他说的就是兔子。我的外祖父就养过长毛兔，他把卖兔毛赚来的钱供我阿姨念完大学。也就是说，是那些可爱的兔子让我阿姨圆了大学梦。

现在，这些兔子可以帮小舅实现他的梦想吗？

电话里，我总算听明白他的意思，他要养兔子，剪兔毛，做兔毛衫，挂到商店里出售。

怎么说也要三五百块一件吧？小舅在电话那头得意扬扬地说。

大概是吧。应该有的。养兔子，做兔毛衫，然后把它们一件件卖掉。怎么就断定有人会喜欢那种东西？

他的想法是——在家养兔子，到我这里来加工，出售。从兔子到兔毛衫，什么叫一条龙服务，这就是啊。

我要过来。我一定要过来看看。你等着啊。等我啊。

那些激动万分的语言在小舅的舌头上打转，彼此挣脱出来，试图闯出一条清晰无比的道路来。

挂完电话（幸亏我们只在电话里说话），我才如梦初醒，他不会来的，更不会养什么兔子，这一切只是说说而已。无疑，这个想法可以支撑他一段时间，直到下一次，更好的想法自动冒出来，再次将他弄得魂不守舍，神魂颠倒。

人们要让现实变得可以接受，脑子里没有一点荒唐的想法是不行的。我的小舅就是这样的人。生活中有很多这样的人。

这么多年里，我好像一直在等小舅来。每次他说，我要过来找你。我就以为是真的。他会来的。我做好了他随时可能抵达的准备。甚至，他说话的语气，斟词酌句时的神情，都在我脑海里一遍遍地回放着。我想着如何应付他，劝他打消那些不切实际的念头，不要幻想，不要走捷径，安心做他的泥水匠，即使不能发财致富，至少衣食无忧。

有一次，他连出门的礼物都买好了。那些来自家乡海塘里的螃蟹是他准备带给我的见面礼。可是，临出门之前，他还是把它们吞进了肚子里。没了那些螃蟹，他自然不能来找我。后来，我母亲问起此事，他说那些螃蟹都快死了，或许它们会死在大巴车上，除了吃掉它们，我还能有什么别的办法呢。

我总不能拿着死蟹去送给她吧。小舅言之凿凿，好像是那些螃蟹不争气，而不是他自己根本就不愿出门。

3

很不幸，作为一名不折不扣的体力劳动者，小舅却拥有一张艺术家似的忧郁沉重的脸庞，颧骨高耸，下巴收紧，我母亲家族特有的大眼睛深埋在他那颓废凹陷的眼眶里。一对静态而大的眼睛，在物体上的停留时间比一般人要久，因此更显迟钝而木然。

无论看什么东西，给人的感觉是他永远也看不透任何东西。他的眼神在那些东西上无谓地停留，呈涣散状态，却毫无深入的天赋。小舅是一个没有任何天赋的人，不会赚钱，不会讨女人欢心，年纪很大了，才在媒人的帮助下勉强娶到老婆。舅妈长相不差，至少肤色白皙，还会念唐诗，可小舅对她马上就感到了不满。女人有什么用呀，只会花钱，花钱如流水！任何人和东西，一旦被他拥有，他就觉得不过如此，没什么大不了的。可他自己连吃饭的营生都干不漂亮。一堵普通的墙壁，简单的横平竖直，他都弄不好，砌不直。他会说，不就造个房子吗，不倒，就好了呀。

那时候，他还没有学会幻想。可是有一个方面，他倒是无师自通。那就是逃跑。每当他做什么事情做烦了，就逃。从脚手架上，从施工现场，从家庭生活中，他不停地逃离。

与别人不同的是，他会回来，若无其事地返回，好像什么事情也没有发生。他根本就没有逃跑，只不过是自己让自己"隐"了一会儿。如果这世上真有隐身术，那肯定是他最想学会的本领。

无论逃离、隐身，它们表达的都是同一个意思。对生活，小舅充满了厌倦、不满，他要表达自己的厌倦和不满，他要反抗。

这并不容易。

直到有一天，他掌握了幻想术，一种伟大到无以复加的本领，它们会在某一时刻毫无预兆地产生，以脑子中某样分不出材质与性状的东西为原料，有不短的衰竭期，整个过程中人体感觉适宜，呈微醺状态，情绪、情感都处于上升期，宛如电器通了电，木柴找到火焰，风暴遇到大海，一切皆有可能。

那种时候，他会变得鬼鬼祟祟，对手头的劳动、身边的人，也不那么挑剔了，好像一切都充满必要，变得完全可以忍受了。

我母亲问他，养兔子的事可和家里商量过了？

他眉毛一挑，气呼呼地说，谁要和她商量！

这种事情，有风险的呀。

风险？做哪样事情不承担点风险！不冒险，怎么能发财！这次，我是一定要冒险的！你们谁也别拦着我，反对也没用……他越说越离谱，越说越生气。我母亲在边上捂嘴偷笑，任他胡说八道去。

母亲说的没错，小舅再次"癫"了。他变得鬼鬼祟祟，满脑子生意经，满脑子都是兔子——那些远去的，我外祖父时代的长毛兔成了他的救命稻草。

他知道那些汽车轮胎已经救不了自己。他的大哥，我的大舅就死于鼻咽癌中晚期。那些橡胶轮胎原来是有毒的呀，会让人得癌症的呀——哪怕它们可以让人发财，那也是可怕的！

小舅要健康地发财，不要早死，也不要有任何后遗症。于是，他想到了那些兔子。那些来自童年时代的兔子，一只只活蹦乱跳地来到他的面前，告诉他很早以前就存在的关于财富的秘密。

4

一个人无论抵达过多少地方，见识过多少人，其实，他的一生永远都生活在一个封闭的空间里。人永远没有机会开阔自己的视野。我的小舅如此，我的祖父也是。我们大家都是。无一例外。

我祖父在弥留之际，认为自己找到了寻觅一生的宝藏，它们就藏在他的床底下。

我小舅，苦苦思索了大半生后，终于认同自己父亲的营生是真正值得为之奋斗的发财致富方法。那些塑料制品，橡胶轮胎，以及别的那些个面目全非的东西，统统都是些不怀好意的东西，是可能致他于死命的东西，他绝对不能与它们发生任何瓜葛。这世界每天都在变，我们永远无法说清楚正确的事情是什么。或许养肥一只兔子，取其长毛，再以兔毛制成兔毛衫拿到市场上出售，就是无比正确的行为，正确到让人毫无反驳的理由。

我等着小舅来找我。或许，他会来的。毕竟他一次也没有来过。就算不是为了兔子，他也可以过来找我。我对小舅形象的记忆还停留在二十几年前，那个下雪天，八岁的我参加了他的婚礼。作为婚礼场上的主角，他的动作和神情却充满着不合时宜的烦躁与犹疑，根本不知如何安顿自己，好像新郎不是他，而是另有其人——他在人群中寻找那个人。

很早的时候，我就发现了这个秘密：人与人之间是很不同的。我的小舅就与别的舅舅不一样。他的眼神、说话时嘴角抽动的模样、走路的姿势，暴露了一切。当人群欢乐的时候，他会未卜先知地摆出一副深沉沮丧、无限怨烦的样子，好像在说，事情根本不是这样的，你们都高兴得太早啦。

时间流逝，我的小舅逐渐成为家族中的不安定分子，消极元素，一个不思进取、让人讨厌的人。

人群中，我们很容易发现这类人，那些幻想家——他们以过分突出的语言能力让人印象深刻。他们尽管喜欢说话，可所说之话并不是要让人感到信服，他们表达的目的并不在于此。在那些天花乱坠的语言表象背后，埋藏着一颗蠢蠢欲动的心。他们可以不知道自己想干什么，但很明白自己不想干什么。

这辈子，他们从没有主动干过一件事，体验过真正的挫败感。他们总是在观望，寻找，然后偃旗息鼓，直到被新的幻觉所左右。

有一段时间，传销团队的女伴们天天来小舅家吃饭，他领着舅妈好酒好菜招待着。他们推杯换盏，谈笑风生，讲不完的体己话，诉不完的衷情，似乎找到久违的人世的知音。

——有人说小舅看上了传销团队的某个女人，进而被其蒙骗；也有人认为，他根本就没有胆量进入其中，又架不住她们的热情，只好好酒好饭招待着，顺便听听发财致富经，过把瘾。

小舅肯定为这种闻所未闻的发财方式着迷过，那么多人，癫了似的，在公园里围成一圈，编故事，喊口号，做白日梦，要多疯狂就有多疯狂。

他无法想象这个世界上居然有那么多这样的人。从他们身上，他看到了某种被放大的东西。那个东西里面有他熟悉的事物，这让他感到难堪。他抑制着发现秘密后的厌恶与惶恐，悄悄退出那个群体，从此之后再也没有理会过。

5

大舅得到小舅没有的一切，却过早地丧失了时间。那个豪奢的墓穴似乎在提醒世人财富永远是有用的，人们对它的追逐是不会有错的。于是，小舅调整策略，继续奔赴在通往财富的路途中。

来自往昔记忆里的兔子给了他灵感，外祖父曾以此创造奇迹，这个奇迹多年来在亲戚中间口耳相传。小舅被此感召，激动得热泪盈眶。他想做一件大事，一件很大很大的事，让所有人都震惊的事。

此时，村子里早没了兔子，与兔子们同时代的动物，牛、猪和羊也差不多绝迹了，却有青草。橡胶废品堆积如山的地方，长出兔子们的食物，那些过度鲜绿肥嫩的食物看着像是有毒的。

现实生活中消失已久的兔子长进小舅的脑子里，它们就像某件失而复得的东西，那些关于财富的秘密一直折磨着他，从不轻易放过他。

相比于早年的犹豫迟疑，良机尽失，如今的小舅更不会急于行动。那些兔子却在他的脑海里跑得欢，催促他，让他吃不好，睡不安，没完没了地只想找人说话、咒骂。

小舅忧郁缄默的眼神很像某位我敬仰的文学大师，天生地长有这种眼睛的人，是能给人一种致命影响力的人。

小舅老了，他的儿子也已长到必须赚钱的年纪，家族血脉里的品性好像是会遗传似的，这个二十几岁的年轻人对于如何在社会上站稳脚跟，也是一筹莫展，毫无办法。

——养兔子的主意就是获得他首肯，并被推波助澜的。或许他是从哪个过期网页上获知消息，说某地兔毛衫市场一片红火（那个市场恰在我的居住地附近）。我告诉他那都是十几年前的旧闻了，那种注定会缩水、板结的兔毛衫早被淘汰出局，无人问津了。

小舅或许相信了我的话，或许并没有。此后很长一段时间，他像失踪者一样不再与我联系。或许，他正偷偷地在某个地方饲养兔子，那些超现实主义的兔子，从时光的丛林里奔跑而来的兔子，正被他避人耳目，养在某个神秘角落里。我不知它们以何为食——人世间早没了它们的食物，除非它们与主人一起以幻想果腹。

Chapter Seven

失 踪 者

1

如果你告诉我有很多人已经从这世上消失，并且再也不会回来，

我相信这是真的；如果你还要我说出那些人的名字，我将无可奉告。

我知道的只是那些侥幸被我知道的，比如我的爷爷，因为他是我的

爷爷，不是别人的，仅这一点就可以让我想上很多年，却依然想不

明白。

七年前的冬夜，我爷爷终于用完所有时间，在那个天寒地冻的

日子，我们将那个丧失了全部时间的老人抬到冰冷的山坳里，像种

一棵树那样将他埋葬了。泥土落下的地方，除了树木和阳光，什么

都没有。

诸事完毕后，我们高高兴兴地回家了。然后，在返城的高铁站上，我遇见表叔。表叔是奶奶那边的亲戚。很久以前，他和小舅一起来我家造房子。和小舅一样，表叔并不是一个安分守己的人，描述这样的人需要费点笔墨，不是那么容易说清楚。当然，我并没有兴趣去描述他。

如果不是他莫名其妙地让自己消失，并且由我见证了他的消失，我可能早已将他遗忘。那次邂逅应该是个意外，分明又像是命运的精心安排，它或许是想要告诉我什么。

那个午后，我的表叔，那个马上就要失踪的人真真切切地站在我面前。他并不知道我爷爷去世的消息。我说我爷爷去世了。他点点头，他的神情有些躲闪，可能为没有参加葬礼而不安，也有可能不是。或许连他的"不安"都只是我事后一厢情愿的推测，并不符合当时的情景。

表叔的模样和过去相比并没有太大改变，可以说，表叔仍然保养得很好，一点也不像他们那个年纪的男人，可是，他明明就是那个年纪的人，他已经快四十岁了吧。时间过去那么久，我们依然无话可说。后来，火车来了，一列白色火车似乎是从大雾中驶来，带着无声的超光速的轰响。我们快速地挥了手，登上各自的车厢，好像走进一列快速运行的时光列车里。

马上，我就从母亲嘴里得知，表叔失踪了。站台上的邂逅很可能是他最后一次出现在亲戚的视野里。

之前，我的表叔就经常玩失踪，从来没有人像他那样频繁而急切地想要让自己消失，好像毕生所做之事就是要把自己永久地藏匿起来。这次，他终于如愿以偿了。据说，有人看见他和一个年轻女子出现在商场里，女人手上还抱着一个小孩，转眼间这三个人就人间蒸发了。还有另外的消息从不同的地方传来。有一些长得很像表叔的人，或许就是表叔本人，在同一时间出现在不同的场所。

如果说一个人的死亡是被迫失踪，无可奈何地顺从生命凋谢的节奏，那表叔的行为更像是高级隐匿，不动声色地将自己藏起来，既实现了只有死亡才能实现的"消失"（躲避人世纷扰），却还能继续活在人间，享受俗世生活的种种好处。

表叔以顽强的意志力让自己持续失踪了七年，目前仍处于失踪状态。因为无意中撞见他在家乡的最后一次露面，这些年来，我总不时地想起他，心里因此充满担忧。我既害怕他一直"失踪"下去，更害怕他忽然终止"失踪"状态，这些行为就像发生在自己身上那样让人战栗。

在遥远的童年时代，表叔骑着自行车来我家。白天，他站在脚手架上砌砖刷墙，骂骂咧咧。夜晚来了，他喝酒唱歌，聊女人。那些夜晚是真正的夜晚，屋外虫鸣蛙叫，屋内暖衣饱食，我的表叔年轻，帅气，充满斗志，举自己的矛攻自己的盾。

那时候，除了偶尔从脚手架上消失，在酒席上胡言乱语，站在姑娘们的窗下大喊大叫，青年表叔身上还没有呈现明确的失踪者的端倪，所有后来被人们所追溯的端倪，那时候还没有现形。

也就是说，那时候的表叔还没有残忍地切断他的时间，仍待在自己的时间里，那些时间依然是他的容身地和庇护所。

自失踪事件发生后，我脑子里就开始搜索可怜的关于表叔的一点印象，我想知道他为什么失踪，一个人失踪肯定不会是无缘无故的，或许在他的童年时代就已经埋下伏笔，我不知道这个伏笔是什么，埋得有多深。

十四岁那年，我的一个女伴死在冰冷的湖水里。我至今也没有想明白她为何去死。过早死去不是一般人想要的，但对她而言或许是个例外。人们永远不知道在我们的生活中曾经发生过什么，当知道的时候，一切都为时已晚。

2

对失踪者家人的探访，一度成了亲戚们的保留节目。有一年，我被母亲拖拽着去看望表婶。关于我与表叔高铁站戏剧性相逢的一幕，早经母亲之口被渲染得众人皆知，表婶当然也知晓。我很抱歉没有在关键时刻挽留住表叔，那是我唯一的机会，可我什么都没做。

即使时光倒流，我也不知该如何挽留住表叔。相反出于好奇，我会要求表叔带我去体验那种生活，我想了解所有千奇百怪的生活背后人们的真实想法。人们是如何把一棵树种在屋子里，并小心翼翼地邀请阳光进来。可我并没有这样的机会，我丧失了唯一一次了解人心的机会。

那一次，我感到表叔是想要和我说点什么的。他肯定有诉说的冲动。我从他困倦而茫然的眼神中感受到了，可那时候的我只把它理解成对缺席我爷爷丧礼的不安。表叔肯定有自己的不安，但绝不是我想的那样。

那是新年，失踪者的妻子坐在屋子的矮凳上，男孩蹲在门外空地上费劲地摆弄一辆玩具汽车，他一心想要让那辆电池耗尽的车子在自己的努力下依然可以转动起来。因为拥有失踪者儿子的身份，这个小男孩的一举一动在我眼里都具有了某种意义。

表婶和母亲低声说着什么，那语调倒像是一种奇怪的掩饰，对自己身为失踪者家属身份的掩饰，她想要人们忘记这个身份，可也明白这不可能办到，别人就是为此而来。

那一次，她没有谈论表叔，无论母亲怎么暗示，或者试图打听更新的消息，她都没有被引诱，且不惜让谈话变得凌乱而破碎。母亲为是否要引出我在高铁站上与表叔邂逅的事而举棋不定，那通常是她在表叔家里的保留曲目，好像对那一场景的谈论，是一种无言的干涉，可以阻止表叔远行，甚至可以将他拉回到现实之中。可她终究没这么做。

失踪者之家的房子还很新，白粉墙，白瓷砖，白墙上悬着黑色液晶显示屏，那里面的人总是在说着与日常语言完全不同的另一种语言。在我们的谈话陷入困境的时候，他们仍在滔滔不绝。

表叔出走是在家里造了新房子后。几年过去，这个房子依然是新的，户口本上的户主还是他。

坐在那样的新房子里，我们都感到寂寞，感到真正的生活还在离我们很远的地方，那是一个遥不可及的所在。

出门的时候，母亲看到那个蹲着身、摆弄玩具汽车的男孩，那个沉默的男孩与这个世界的关系正默默地被建立。母亲忽然说，小军（我表叔）这个人真是糊涂啊——，话音刚落的同时，戛然而止。表婶的神情与其说是惊愕，不如说是厌恶，不过，她很快就将这种表情藏匿起来，本能告诉她那种表情是个错误，她不允许自己流露出任何过激的表情，特别是在家里发生了这样的事情之后。

事情发生后，人们便奔走相告，各种上天入地的消息不断传到她耳边。

有人给她出主意，说一个人下落不明满四年，便可以向法院提出申请，判决其死亡。也就是说，哪怕我的表叔还在这个世上活着，只要不出现，不发声，那就是死了。与死无异。

作为复仇，表婶可以"杀死"表叔，可她没这么做；为了追求新生活，表婶本可以丢下小孩，逃之夭夭，她也没这么做。表婶选择成为一个静止的等待者和消极的旁观者。

珀涅罗珀在等待丈夫奥德修斯归来的时候，还可以行编织术，我母亲在父亲走后偶尔编织篮子，我祖母则是念经，但表婶手上空空，没有任何值得忙碌分身之事。白天，她在酒厂上班，刷洗那些东倒西歪的酒瓶子，晚上回到家，在黑漆漆的房间里，不停地按那个遥控器，在不断切换的频道和密集的人群中寻找表叔的身影，她不相信一个人会像酒瓶上的水渍那样蒸发掉。

3

失踪者失踪了很久之后，有一天，他的屋子外面来了一个帮忙的人，那个四肢健全的中年男人身后跟着一条瘸了腿的小狗，男人是来自外地的务工人员，狗是其流浪途中结识的。

男人和狗一前一后出现在那条唯一的石子路上。男人规矩地在路上走，而瘸腿的狗却爬到矮墙上，好像是为了寻找某种高高在上的东西，或者是为了替主人看清前方的道路。

也有人说，那只瘸了一条腿的狗是来找那个小男孩的；而那个男人倒有可能看中失踪者留在家里的女人。

表婶家一点点热闹起来。最先是牌局，被几个表叔的结拜兄弟张罗起来，他们在表婶不上工的日子过来打牌，后来即使表婶不在家，他们也熟门熟路地打开钥匙进来，完全是将此地当成免费的棋牌室了。表婶家不仅成了棋牌室，还是公共议事厅，青年男女约会调情的场所。

许多个白天和黑夜，他们在那个白色空间里吃喝玩乐，发出很大很嘈杂的声响。这些声响这些人的存在改变了那个空间的属性，冲淡了失踪事件带来的惶然与焦灼，好像这些人聚集在一起，只是为了等待有一天我表叔的出现，他们要见证他的难堪时刻，替这个家里的女主人羞辱他的不告而别。

可他们没能等到表叔的到来，其间倒有几个扮相怪异的乞丐在门口探头探脑，可又不懂得如何从别人手里取走自己想要的东西，最终徒劳而回；还有面目模糊的外乡人操持着生硬滑稽的普通话来收购女人们的长头发，可哪里还有什么女人有时间来养长头发。

　　那个痴迷于玩具汽车的小男孩已经在学校里读了四年书。他的模样越来越像他的母亲，连皱眉时的表情都像。他学会了骑车。放学回家的路上，他骑着车子行走在田埂上，遇到不能骑的地方，他就停下来推着走。有时候，他会忽然手指前方，发出怪异的叫声，好似看见了什么不该看见的东西。

　　失踪者留在这个村里的房子和孩子都面临着某种潜移默化的改变，这种改变或许是不可逆的。

　　有一天黄昏，那个上五年级的男孩没有回家。他也让自己短暂地失踪了。人们在那段昏暗阴森的隧道里找到他的时候，他已经蜷缩在一块大石头上，睡着了。

　　在此之前，男孩的失踪者父亲因意外暴露了行踪，那个人的新身份由此获得确认，早已入赘外地人家，并有了一个女孩。

这是失踪者失踪七年零十一个月后，首次浮出水面。

男孩对母亲说：我要去他那里。

母亲没有理睬男孩的请求，她和她的家人根据查获的地址，一路找过去。一番谈判后，她回家对那个男孩说：

以后，你每个月会有六百块零花钱，高兴吧？这或许是自失踪事件发生后，她不再年轻的脸庞上第一次露出温婉的笑容。

我要去他那里。男孩说。

我想去他那里看看。就去一次。

但无论男孩说什么，做母亲的都不予理会。

表叔成了另一个小孩的父亲，明确表示再也不会回来了。自高铁站邂逅后，我再也没有见过表叔，无法判断"再也不会回来"是指从此之后不会离开他的新家庭，还是不愿再次成为一个失踪者。

没有人会去追究这行为背后动机的不同。失踪者被找到后，人们便抛弃了他，不再谈论他。

我想象过与表叔的邂逅，但那只是一种想象，因为没有发生，便无法拼凑出完整的形状。我甚至连他现在长什么样都无从知晓，

Puella et vita aeterna   少 女 与 永 生

高铁站上所呈现的形象已经模糊，散裂，不知所踪。

我们所能想起的任何一个人的形象都是静止的。我们对人的认识总是处于永恒的静止和偏见中。可以说，对表叔身上发生的事，我一无所知。我一直揪心于他在另一个家庭中的生存状态，那是他的自觉选择，却未必能称心如意。

4

有一年，为着一些不明所以的原因，我决定在那个连锁酒店的硬木椅子上长时间地坐下来；我只是偶然路过那里，准备办完事就离开，可我没有离开。我忽然感到自己应该占有一些时间。它们必须完全属于我，只为我一个人而存在。我不知道自己要拿这些时间来干什么。事实上，我什么也没有做。我只是聆听到了一些声音，在别的时间里绝不可能听到的声音。

我躲在墙壁所围的空间里，聆听键盘上的敲打声，好像置身于铁匠铺的喧响中。

三天之后，我返回人群之中。我不是失踪者，只是短暂地出走，甚至没有人知道我的出走。人群没有注意我，我也没能成为他们的猎物。

那些年里，表叔却成为整个家族的猎物。愤怒的亲人们通过各种途径寻找他，咒骂他，试图捕获他。最后，他自我暴露了。或许是暴露的时间到了。他厌倦了。游戏终结了。

有一天，电话里，母亲对我说：你表叔不会回来了。就像许多年前，同样是在电话里，母亲说：你表叔失踪了。

我第一次感到表叔是一个活生生的人，我真实地看见他惊慌失措的逃跑生涯，站在异乡的荒坡上唱歌，把一些人的名字嚼碎，吞进冰凉的肚子里。那是北方，即使喝醉了酒，冬天依然是冷的。

表叔身上或许发生过奇迹，也有可能是另一种麻木不仁。我不知道那是什么。在作为失踪者的时间里，在那个偏远省份荒僻的郊外，当时空发生剧烈错位的时候，表叔肯定有过一些反常的举止。

一个人但凡经历过这样的选择，无法不让自己变得更好。他的房间可以照不到月光，他的身体里可以没有甜美的梦境，但他不能不学会与自己好好相处。

至此，表叔的时间已被人为折断，两截之间藏着深渊与迷途，无法被衔接和跨越。当这边的人找到那边，当两种时间进行交锋和对峙，实际上是两个表叔在进行交锋和对峙。

法律规定：失踪者抵达死亡者的时间为四年。对这边家庭而言，表叔长久的缺席已经造就了事实上的"死者"身份。一个人贸然地从这段时间泅渡到另一段时间，如果滞留过久，便很难返回。

失踪者的妻子对那个男孩说：他不会回来了。

其实是回不来了。自失踪之日起，他们就在适应这样的事实，只为了有一天能真正地接受它，忘掉它。

这些年来，我一直想遇见表叔，再见他一次。我想把他的故事讲述出来，不仅要陈述事实，更要把表叔讲述时的情绪和态度如实呈现——这比呈现故事本身更艰难，更需要足够的理解力和耐心。我眼前浮现过无数种场景，无数个表叔，可没有哪一种是真实存在，我发现自己很难去接近别人，命运对我设置了障碍。

当然，我也想过以一种迂回、间接的方式去了解他，或许我真正想了解的只是自己。

一次偶尔的机会，我再次住进多年前的空房间。当然不是同一个，却拥有几乎一模一样的窗帘、墨色地板和白色水龙头，窗下的柱状散热器一如既往地工作着。永不停歇地工作着。那个夜晚我只听到散热器持续发出的声响，模糊而强烈，没完没了地出现。

Chapter **Eight**

病　人

海丽被她爸爸从学校领回家的那天，我正在河边玩。那是春天的午后，光线艳丽，万物恹恹欲睡。

我从楝树下走到奶奶家。房子外面很亮，里面却一片昏暗。海丽生病的消息，便是由那昏暗房子里居住的人传递给我。那声音所传递的更像是某种污秽不明、让人尴尬的东西，而不是关于一个人生病的事实。

当一个人患了牙疼病，或者重伤风，他们用的就不是这种语气。

消息传递者左手蜷曲，右手支在下巴上，动作相当潇洒——我奶奶站在灶台前，像个男人那样娴熟地吞吐烟圈。

我已经跟他们讲过了，海丽用过的碗，不能给海武用。吃饭的碗，要分开。筷子当然也要分开。都是要分开的。不这样做，不行。

你听我讲啊……奶奶在筷子与碗上既表现出了态度，也显示出了"博学"。那是我第一次听到"细菌"这个词被讳莫如深地提及，好像那个蠕动的东西正在海丽的碗和筷子上爬行，试图越过边界，爬到别人的碗和筷子上。

我的堂姐海丽休学回家来了，家里却比往常还要安静。她躲在阁楼上，生病没有使得她脸色变差，却让她变得格外安静，好像这世界上根本就没有她，她要躲起来，病是躲不掉了，她要躲的是人。

我隐约知道海丽生的是什么病——可生那种病的人，皮肤和眼珠子都会变黄，比橘子皮还要黄，人会越来越没有力气，可海丽并没有。至少并不明显。或许，她马上就会变成那样。谁知道呢。

他们开始说海丽妈妈的不是，从山上嫁到这个村子里，那个家肯定很穷，很脏，据说羊和人都睡在一个屋子里，人身上有羊的味，刚来的时候海丽妈妈身上就有一股子羊膻味。他们说着说着就说到了海丽的舅舅，一个牧羊的年轻人，穿着破衣烂衫，有一只眼睛还是歪着的，每天除了放羊，就是站在山坡上唱歌。亲戚们早就怀疑他的智商有问题，要不然一个正常人怎么能忍受那种生活。

——海丽长得像她妈妈，眼睛特别像，大眼睛，双眼皮，双得有些过分。用我奶奶的话说，山上那户人家，全是一个模子里刻出来的。

不过，海丽的眼睛是好看的。连奶奶也不得不承认这个事实。毫不夸张地说，海丽是我们家这些小孩中长得最好看的一个。

现在，奶奶的语气变了。她不那样说了。她说，一个人长什么样不重要，关键是她的心。有什么样的心，就会有什么样的未来。

——我知道奶奶想说什么。

我很想和海丽玩，找她说话，说和从前一样的话。那时候，什么事情都没有发生，没有人在乎碗和筷子的事。现在，海丽不像是生病了，更像是掉进一个冰窟窿里。人们围在她边上。

一个声音说，哦，我们得关心一下那个人。另一个声音随即提醒道：可我们也不能与她靠得太近。

在那些人的脑海里，他们躲避的好像不是一个具体的人，而是某种看不见、却始终保持着活跃度的东西，好像那种叫病菌的东西，随时可能会在自己身上驻留，复制出不可预测的灾难。

海丽自从躲到阁楼上后，就显示出了主动将自己隔绝人群的勇气。她不让我们看见她，以那种"眼光"看她。

黄昏的时候，海丽的妈妈在屋子里煎煮中药。药草浓郁的气味从那个屋子的窗户里散逸出来，在楝树和梨树之间盘旋，跑到裸石横陈的河滩上，好几天过去，一些角落里还残留着那种气味。

人们能想象那种气味，特别是当远远地看到泼于道旁的药渣，黑色、模糊、干巴的质地，便有一种不好的对污秽事物的暗示随之浮上脑海。

有一天傍晚，我在那条那时还未被污染的溪边行走，忽然浑身倦怠得迈不开步子。一种即将病倒的感觉突如其来。我隐隐感到有一天，自己也会遭遇和海丽一样的噩运。我会生病，生一种莫名其妙的病，没有一家医院能治好这种病。要是我今天疏远海丽，等那一天到来的时候，他们也会疏远我。

我不知道该和海丽说什么，说坡地上的枇杷都成熟了，我们去摘枇杷吧；或者，陈老师家的栀子花开了，要不要去看？所有这些都会让她想到自己身为病人的事实，那是一种无可更改的事实。我当然可以装出什么事情都没有发生的样子，但那只会欲盖弥彰。

那个下雨天，奶奶递给我两枚鸡蛋，说，给海丽送去吧。它们刚从母鸡的身体里诞下，转移到我手心里的时候还有些温热。我把它们一左一右握在手心里，怕握紧了会碎掉，如果轻了，极有可能掉在地上，当然这两件事情都没有发生。

海丽在房间里看书。雨天昏暗的光线下，她侧身坐在床边，面对着墙，好像不是在阅读，而是在进行某项隐秘的活动。那种坐姿使得她无法直接看见我的进入，所以直到我走到她身边，她仍保持着那微微僵硬的坐姿，眼睛离书本的距离很近，鼻尖几乎触到书页上了。

我叫了她的名字。她转过身来，望了我一眼，努了努嘴巴，示意我随便坐，同时，目光迅速收回，回到书本上。那两枚鸡蛋还握在我的手心里，此刻处理它们成了难题，我不能告诉海丽是奶奶让我把鸡蛋送来给她增补营养，因为她是一个病人——此时此刻，我不但不能提醒她是个病人的事实，还不能对她有一点点的轻视。

她现在的身份是个读者，这个新鲜的身份让她感到满足，以此显示她与我是平等的，甚至比我略胜一筹。她在读书，沉浸在一个遥远的书本的世界里，里面应有尽有，显然那是一个无比美好的世界。

海丽肯定瞥见了我手中的鸡蛋，一个人手心里是否握着鸡蛋是显而易见的，那种别扭的神态、动作，是一眼就可以看出的。房间里不时响起单调而断续的翻书声，书本成了海丽的掩体，让她安全地躲藏其中，理所当然地忽略掉鸡蛋和我的存在。

有时候，当我坐在整洁明亮的教室里，便会猜测阁楼上的海丽到底在做什么，当她孤独一人的时候，那些书就不会有那么大的作用了。她已经好久没去上学了，她能不能顺利返回课堂都不一定。不时地，她会收到一些信。邮递员把鼓鼓囊囊的牛皮信封扔进她家院子里。在信里，那些富有同情心的男女同学和她分享新上映的电影，或者大段大段地摘抄某篇文章里励志的话——但那些话与她作为病人的身份毫无关系，没有人会去提醒她这个事实。

最终，海丽还是变瘦了，脸色苍白，隐隐地有些泛青灰。黄昏的时候，她低头往河边走，身形单薄，看人的时候先是眯着眼，转而微微一笑，笑容倏尔收起。在这一起一收中，某种显而易见的病容隐秘而固执地浮现于她的脸庞，渐渐定格成势。

疾病把她与周围的世界隔开了，这种疏离状态所造成的结果是，她把自己完全地陷进孤独里。她看上去并没有那么伤感，即使有，也是轻微的，并能起到很好的自我保护作用。可以说，疾病让她变得与众不同，成为与我们都不一样的人。

有一次，她从后山挖来一些春兰，兴致勃勃地跑去向陈老师讨教伺花之道，也有人说她并没有去敲陈老师家的门，中途返回了。

后来，那些春兰变成枯萎的柴草，被海丽妈妈塞进灶膛里烧掉了。

半年之后，海丽去上学了。寄宿制高中。学校将她专门安排在一间宿舍里，那里面住着的都是和她一样的人，脸色灰暗的人，吃饭的时候默不作声的人，长跑的时候气喘吁吁的人。那是一些病人，他们住的房间是病房，健康人绕道而走。

读完一学期，海丽就带着被褥、衣物回家来了。

她去塑料厂做工，穿厂服，戴厂帽。藏蓝色棉布衣服，翻领，圆形黑色纽扣。洗得干干净净。尽管是三班倒，她的脸色倒比从前好很多，工厂生活没有让她变得倦怠憔悴，病体不支。像上学时一样，她按时上下班，歇班的时候也出去玩，和厂里的同事玩。

有一年5月末，我带着新学校里结交的新同学回家吃枇杷。我们吃着不算太甜的枇杷，议论着即将来临的阶段性测验，即使玩乐也很难完全放松心情。隔壁院子里，一片欢声笑语，海丽和她的同事们在一起。有一个年轻男孩甚至爬到楝树上，垂荡着双腿，朝他们那群人的头顶上扔楝果。

他们看上去很快活，要比我们这些被作业和考试折磨的人快活得多。这是休息日，他们准备去爬后山，到山上去野炊。食物炊具都已经准备好了。男男女女，语笑晏晏，一路簇拥着往后山的方向走去。此时的海丽已是一头飘逸的短发，笑容灿烂，比任何时候都要有活力。

——他们根本不知道她曾经生过那种病，或许那些病毒此刻还在她的体内复制，但已经无人关注此事。从学校大门出来后，海丽便把自己与过去的时间斩断，她的身体状况既已不成为如今生活的障碍，就变得不再重要。很多时候，不是疾病本身让她成为病人，而是周围环境对一个身体的关注和期许，把人推向此种境地。

那些新朋友既不知道她曾经的病者身份，更不知道碗与筷子的事。他们看上去很放松，很随意，好像对什么事情都不会过分在意。他们过早终止学业，选择艰辛的人生之路，并坦然受之，实则与海丽同病相怜。

海丽在新集体里不断发展自己，不断地以新形象示人，我由先前的诧异、茫然，到最后慢慢接受下来。

有一个场景至今仍在我的脑海里浮现。那天，海丽和那群人在晒谷场上打羽毛球。我不知道他们是一起去山上野炊的那群人，还是新换了一批。他们有一种生活在当下的欢乐，无论是劳动还是娱乐，都是可以无限沉醉其中的。那只羽毛做的球在两个女孩的头顶上空不间断地来回，很长时间内都没掉下来，好像在这两个人的身体之间存在着一种张力，一种冥冥之中的联系。

海丽仰着头，微蹲着身，双腿分开与肩平，脸和脖子都汗津津的。她无意识地微张着嘴，眼睛死盯着飞翔的球，规律性地挥动拍子，进入一种完全忘我的境地。在差不多固定的路径里，那只球机械地来回，有几次倾斜着低空飞行，差点掉下来，最后却总能被稳稳地接住，化险为夷。有七八个人，站在边上持续观望着，不时发出欢呼声，好像在学校的体育课上。

让我吃惊的不仅是海丽把羽毛球打得那么好，而是她一反之前病恹恹的状态，忽然焕发出的身体上的活力。最不和谐的特征存在于同一个人身上，看似不可调和，却蕴含着内在巨大的合理性，好像世上之事本该如此。

渐渐地，海丽从我的视野里淡出。学校和工厂既成为彼此观望世界的窗口，也成了束缚视野的场所，我们在各自的轨迹里运行，一知半解地完成对人生的感悟。学习很辛苦，是一场看不见结果的苦役，很多人在苦苦奋斗多年后依然没有考取心仪的学校，只能灰溜溜地回家来，加入打工者的行列。我也怕成为其中的一员，多年艰辛终成泡影，还不如一开始就像海丽那样去找份工作。

我从父母亲人的闪烁其词中感到前途未卜的压力，在某些艰难苦熬的时刻也会羡慕起海丽的"尘埃落定"。那时候，海丽不仅工作稳定，由三班倒换成了常日班，还和一个家境殷实的男孩谈起了朋友。那户人家对海丽很满意，三番两次托人前来提亲。也就是那个时期，每逢假期我从学校返回家中，便会遭遇海丽飘忽不定的眼神，那偶然闪现的神情里带着某种无法慰藉的忧伤，大概是那段病中岁月的残余吧。

对即将开启的美好生活，海丽感到深深的忧虑和不安。现在回想起来，人的直觉有时候真是惊人地准确。

记忆中最后一个画面是海丽坐在门前石凳上，仰望不远处的山。山体青碧，随季节变换更改色调，看似具象地存在，有时候却让人看不清。黄昏了，我还站在二楼窗前背诵英语单词，而楼下院子里，海丽也在那逐渐变暗的夜色里安静地坐着。远山朦胧，光影依稀，没有人前来打扰我们。树叶像沙子一样发出窸窣声。溪流声从房屋的后面传来，呼啦啦的声响，比往日更为清晰。这共同拥有的寂静时刻，让我感到与海丽之间存在着某种超乎血缘之外的联系。

这之后，所有事情都按部就班地发生了。我中学毕业，升学，参加工作。海丽结婚，怀孕后从工厂辞职，顺利诞下八斤重男婴，家人对此呵护宠溺到无以复加的地步。一阵繁弦急管之后，噩耗传来，三岁男孩得了白血病。

当事人初闻此类消息，总是本能地感到不信，可伴随泪水的干涸及时间推移，都无一例外地接受了。人们尽可以事后去追踪寻找各种前因后果，如此，只为了让自己更容易接受。

海丽和男孩从亲戚的视野里消失。她独自一人带着孩子寻医问药，连过年也不回家，从不给人同情和探望的机会。她在电话里告诉亲戚们，这样做是为了减少孩子被病菌感染的机会。显然，这只是原因之一。热情的亲戚们不甘心，跑到异乡的医院里，要求远远地看那个可怜的男孩一眼。据说为了治病，男孩吃下许多激素，已经胖得不成样子了。

——到后来，海丽连电话也不接了。

有人在菜市场看见她衣着整洁，拎一只杭州篮子，把菜贩丢弃的菜叶子往篮子里塞。

有人在学校门口看见她挽着胖男孩的手，小心翼翼地穿过十字路口，母子俩说说笑笑，看上去非常快乐。

还有人看见她站在卖气球的小贩面前，那只红色气球浮在她的头顶，一路跟随着她穿过异乡的街头。

见过的人都说，她的处境并没有那么糟，甚至并不比同龄人显老。

她把所有的精力都放在那个男孩身上，从不让别人靠近他。她看上去很坦然，好像一生中最危急的时刻还没有到来。

很多年后，爷爷的葬礼上，海丽终于赶回来了。所有亲戚都被她怀里的女孩所吸引，大眼睛，粉嘟嘟的小脸，咿咿呀呀地学大人说话，很可爱，那是她的二胎——没想到海丽居然生了二胎。

关于生病的男孩，海丽依然闭口不提。哪怕好奇的亲戚们一再打听，她总有办法把他们的注意力转移到别的事情上。那个可爱的二胎大概就是因此而生的吧。

她身上所焕发出的活力，更像是一种来自复杂状态下的应激反应。年复一年，勉为其难地维持着。那一年，海丽三十六岁。男孩也已长成一个只上半天学的初中生。他依然病着。作为一名病人，他被很好地保护起来，不与熟悉的亲友见面。亲戚们记忆里的他还是得病前的模样，三岁大的男宝宝，年画里的人物，完美得让人惊叹。

海丽说，轩轩在家最喜欢看书，每天睡前都要听故事，长大了肯定成绩好。

轩轩幼儿园里的老师，最喜欢我们家轩轩了。

——轩轩就是那个二胎女孩儿。

可亲戚们最想知道的不是轩轩的事。关于那个生病的男孩，他到底怎么样了？海丽说，他已经上初二了，学校离住的地方近，早就不用她接送了。现在，她要照顾的人是轩轩。

她把那个女孩儿紧紧地搂在怀里，生怕不翼而飞。

他们还是想知道那个男孩的情况。人们对一名特殊病人的关注与关心既是空前的，也是畸形的。海丽知道这个。作为一名曾经的病人，她知道该怎么做。

葬礼结束，海丽就离开了。

亲戚们偶尔聚在一起的时候，会议论那个女孩儿，那是个引子，可其背后的人，那个男孩，他们仍一无所知。

这之后，我再也没有见过堂姐海丽。我对她的了解并不比对一个陌生人更多。

她是亲戚中第一个主动搬到城里生活的人。这么多年过去，我对生活在陌生人中间这个事实也产生了莫名的好感。人们按照经验和天性所选择的生活，可以算得上是一种接近于正确的生活吧。

Chapter Nine

祖　　母

　　祖母终于孤身一人了。早在十年前，她就已经独自生活。如今，她越来越与一种叫"自我"的东西融为一体。她住在那个连大白天都要点灯的小屋里，住在一个人口越来越少的村子的东面。地理位置对她来说没有用。她经年坐在她的椅凳上，坐在那些黑暗里，哪里也不去。从前她在那些黑暗里争分夺秒地织网，如今则夜以继日地念经。

　　她已经九十一岁，这个岁数对她来说也没有什么用。既不显示其冗长悲观的一面，也没有冲刺百岁的雄心。她只是习惯性地往那些活着的时间里填充东西，就像有些孩子总喜欢往口袋里装石头。

　　夜以继日地念经，是她消耗时间或填充虚空的方式，也是职业之一种。没有什么难度，但也不见得那么容易。当我和母亲出现在小屋前,她不得不放下手中的活出来迎接我们。她没有比之前更显老,衰老在她身上已经懒得挪动步子。

我们习惯性地嘱咐她,人老了就应该少操劳,多休息。

——晒晒太阳,发发呆什么的,多好啊。

她没有接我们的话茬,也未表示反对,只是那样似笑非笑地望着我,带着一点点好奇和茫然,好像是在细细辨认那些话里的意思。这让我有近距离打量她的机会。那张脸皱缩,暗淡,畸形,像枚干果,却没有干果在自然演变中形成的美感。无可讳言,它已经糟透了,不可能变得更糟。

据我了解,有些人的衰老具备一种韵律,循序渐进,臻于佳境,妙不可言。可发生在祖母身上的完全不是如此。

她还是那么容易发怒,对现实不满,对别人不满,对自身的安逸也不满,即使越来越多的死亡围着她,啄食着她,随时可能吞掉她。——我的祖母比那些短寿的人拥有更多的时间,以及更多的衰老和不平之气。或许,就是那些不平之气支撑着她,成为她生命燃烧的动力。

从前，她织过许多网；那时候，有很多年轻姑娘也成群结队地织网。那些墨绿色大网，最后都落在江河湖海里，不多久这份编织工作就被机器取代了，前半生事业就这样打了水漂。

出售经文成为祖母的新职业，附近村子没有人以此为业，声名因此远播。经文附着在麦秸上，譬如大海的声音被一枚海螺收藏，那些劳动成果是无法被看见的，只被祖母一个人看见，一个人知道。

她对自己的新职业充满虔诚，近乎骄傲。他们需要那些经文，源源不断地来找她；是那些活人需要，而不是死者。每个祭祀先祖的日子，他们都会想到她，到她这里来取走经文，留下钱。那些钱体现她的价值。事情就是这么简单。

偶尔，她也会为自己居然活那么久而感到抱歉，特别是当获悉谁谁谁去世了，谁谁谁又染上恶疾不久于人世。而那些人，极有可能都比她年轻，有些甚至是她的晚辈。

"没有办法呀，死么又死不了，活着呢，又受罪——两难！"她觑着眼，唱歌似的说完这些话，依然是那种表情，茫然与无知兼而有之，似笑非笑地望着你。

你听听，这语气多么狂妄！又哪有一点抱歉的意思。

曾经，母亲对我说："你祖母这个人厉害着呢。"

见我一脸茫然，母亲解释道，她说话厉害！从不肯饶恕别人！都那么老了，还那样，一点也没变。她甚至不要别人去看她，说自己过得很好，比别人想的要好。

她有什么好的呢。在提倡多子多福、多生者光荣的年代，她仅生养一个；步入晚年，儿子、丈夫、哥哥都先后离她而去。要说悲惨，谁都不及她。

她拒绝被同情，可当我给她买烟买酒，将零花钱赠予她，她也显示出某种坦然笑纳的神情。好像此种行为只是为了证明我的不忘本，而非她自身境况堪忧，需要来自他人的帮助。

这么多年，是我母亲一直在帮她，给她送烟递酒，还有各种日用品。她需要的东西极少，固定的主要有红糖、鸡蛋、豆腐乳等，烟和酒则须臾不离身。酒是极普通的黄酒，她不狂饮，而是小酌；烟也是劣质烟，却一日不可离。——我甚至认为这就是她的长寿秘诀。人活在这个世上是需要借助于一些外物，那些液体或气体转化而成的力量，支撑着她，保证她的身体器官运行如常。

好强如祖母也承认需要我母亲提供的这些东西，但她并不认为自己是在倚靠她，购买那些物资所需要的钱，完全由她自己承担。在她眼里，我母亲只不过是个富有爱心的运输者。

每次回家，我都要说服自己去看望她；从她将近八十岁起，我们就在"她有可能马上死去"的担忧中走进那个黑暗的小屋，尤其是当丧子与丧夫的厄运接二连三地到来，一股脑儿地袭击了她。我们以为她也差不多了。

她知道自己的长寿会成为一个话题，便主动挑起这个话题，以那种骄傲又不以为然的语气来证明自己存在的合法性：她还有劳动的能力，谁也不倚靠。

她劳动，并且忙得不可开交，不像别的老年人那样抱怨自己日薄西山的身体。唯一有问题是她的膝盖，因骨质增生导致的疼痛已经伴随多年，可似乎没有明显加重的迹象——她提及膝盖问题所使用的语气，让我们忽略了那个问题的存在，不待走出小屋，便遗忘了。

很多次，从祖母的小屋里出来之后，总有一种近乎荒诞的念头在脑海中浮现，好似电视里的高层领导去慰问住在贫民窟里的人，那种高高在上的谈话显得极为轻浮而虚假。

那种时候，祖母总会似笑非笑地望着我，问我一个人活那么久，是不是成了一种累赘？我想安慰她，说一个人长寿不仅是美德，还是整个家族的荣光。可在逐渐陌生的方言语音里，我左顾右盼，根本无法回答祖母的问询，即使有只言片语说出口，因语气生硬，而通向其意义的反面。

祖母唯一愿意反复提及的是她的职业。那件唯一而重要的事情就是念经。那些经文必须附着在麦秸之上，才能生效。在普遍不再种植和收获麦子的今天，麦秸的来源成了问题。她将那些麦秸的提供者视为这个时代最后的好心人，挂在嘴边，在我面前一提再提。好像他们不仅帮助了她的事业，还赋予她继续生活下去的动力。

那些人是她的晚辈邻居，父母大多已经过世，自己也即将步入老年行列。在人数越来越少的村庄，人与人之间原本松懈的关系渐趋收紧，呈现某种相依为命的特质。更重要的是，他们都面临一个共同问题，邻居越来越少，逐年减少。鉴于此，他们甚至对其中的小偷小摸者都给予了某种程度的宽容，睁一只眼，闭一只眼，或者干脆出门便上锁，不给其机会。

有一天，那个傻女人进入祖母的阁楼，顺手牵羊拿走一块肥皂。傻女人过来帮忙搬麦秸的时候，祖母故意说，我屋子里有块肥皂不见了。

那肯定是被一只大虫吃掉了。傻女人眨了眨眼睛，天真地说。

什么样的大虫可以吃掉一块肥皂呢？祖母大惑不解地问。

那肯定是很大很大的一只大虫，就像有一个人那么大。傻女人比画着，哇啦哇啦地说了半天。

你什么时候看见那只大虫帮我问一声，她为什么要吃我的肥皂。祖母似笑非笑地望着傻女人，好像在说，我什么都看见了，什么都知道。

傻女人高兴地点头，说，好的好的，下次见了，我一定帮你问问。

——傻女人蹦蹦跳跳地走开了。祖母不让自己再想肥皂的事，她还有许多事情需要傻女人帮忙，她要借助傻女人的腿去购买物品，借助傻女人的手去挪动重物，借助傻女人的嘴去传递"情报"，哪怕她说的话根本就没有人可以完全听懂。

有时候，她也会把香烟分给傻女人抽，把老酒倒给她喝。这些东西都是傻女人喜欢的，傻女人喜欢喝酒，喝醉了就唱歌，站在那架结满蛛网的风车前呱呱乱叫，手脚并舞，像一只怀孕的母猩猩。

祖母说，傻女人一点也不傻，这个地方精着呢。——说着，她指了指自己衰老的脑门，诡异地笑了。

对于傻女人，祖母的心情有些复杂。

还有一位老妪，祖母称其为"宝香姑娘"，已经八十几岁了。十几年前，这位"宝香姑娘"做过肠道手术，术后在肚子上挂了一个粪袋子。这个挂着粪袋子的老妪经常出入祖母的阁楼，祖母把子孙孝敬的粽子、糕点等统统赠送给这位老姑娘，怜惜她不得不天天挂着那个劳什子。

有一次，她们说起村里某位糟老头的不堪之事，忽然怀念起各自死去的伴侣，认为他们即使活着也不会犯如此错误，说着说着悲从中来，哭哭啼啼的，一哭而不可收。当意识到不妥时，又彼此劝慰，最后破涕为笑。也只有在这时候，祖母性别中女性的部分复苏了，脸上衰老的皱纹荡漾开去，让我依稀想起她六十几岁时的模样，那是我小时候看见的脸，是祖母留在我记忆中最年轻的脸。

总之，"宝香姑娘"挂着拐杖踉踉跄跄上门的日子，是祖母为数不多的"假期"。冬天的时候，两人在宗祠前面的空地上孵太阳，说一些别人听不懂的话，发出奇怪的"吭哧吭哧"的笑。——好像那些笑声无法顺利通过她们松弛、皱缩的声带，被生生地噎住了，又断断续续地释放出来一点。

那种时候，她们自成一体，没有人可以靠近，也没有人懂得那些笑声里的含义。那是祖母的轻松时刻，她噙着烟，微闭着眼睛，猛吸一口，徐徐地吐着烟圈，回味着，一种罕见而温和的表情浮现在她的嘴角、眉梢，好似一个在理想世界里漫游，马上就可以获得巨大享受的人。

她们说起昨晚梦里又见到了谁，里面的人境况如何，托她们捎了什么口信。梦中之人都是往生世界里的。那些口信虽五花八门，缺少逻辑相关性，大抵与衣食住行有关，好像他们到了那个世界，还在经历吃不饱、穿不暖的生活。——即使死亡也无法让他们离开那种生活。

祖母的工作就是为他们服务的。那些经文是那个世界的"通用货币"，它们会让那个世界的人衣食无忧，甚至过上豪奢的生活。

当然，她夜以继日地工作，并不仅仅是为了帮助他们。她自己也弄不清楚到底为了什么。她甚至很少做饭，仅以干粮或黄酒充饥，或饥肠辘辘地上床就寝，醒来继续投入工作之中。除了睡眠，她不允许被任何东西打断，一种连续性的工作会给人带来幻觉，好像这是世界上唯一重要的工作，没有什么可以被取代。

年复一年，祖母宛如入了魔怔。每个路过小屋的人，都会看见一个齿牙脱落、白发稀疏的老妪，正念念有词。既然无法停止，那就让它永远继续下去，似乎那些声音的背后隐藏着一个富丽的世界。只要她闭上眼帘，循着那个声音往前，就能找到那个世界。

现实的小屋里，旧物满满当当、堆积如山，多年来不断散发出气味，那些气味彼此消融、混杂在一起，成为逼仄空间里不再流动的部分。泥腥气充溢在室内，还有铁锈的气息，干燥尘土的热烘气，有机体腐败发酵的气味，什么都有，但什么也闻辨不出。即使在大白天，这些物品也是以阴影的形式存在，暗影幢幢，重叠在一起，好像要把主人赶出去，或者将其吞没，也成为暗影的一部分。

祖母在那个屋子的一楼吃饭和睡觉，只占用极少的空间。她每天和那些暗影生活在一起，是熟视无睹，还是浑然不觉，我并不知道，也不忍心告知我的直觉——有一天，她会进入其中某个通道，消失不见。

屋子里唯有诵经声。由梵语翻译而来的经文，以浙东方言念出，有一种神秘氤氲的气息，好像某种古老的召唤或者告慰。

在祖母的屋子外面，那个痴迷种植的八旬老人，沿着村街，走进了后山。他在那些土地上所种植的瓜果蔬菜最终将腐烂在丰收季的稻田里。没有更多的人去采摘它们。那种曾感受过的排山倒海般的饥饿感，再也没有了。对食物热切的欲望慢慢地成了奢望。

一个月前，我因事赶回老家，最后一天，去了祖母的小屋。这次，她以无法控制的兴奋之情向我们讲述小舅的光辉事迹。他不知从哪里，给她弄来整整一货车的柴火木，足足卸载了一个多小时。她对整个事件所表现出的激动之情，让我和母亲尴尬不已，我们并没有能力去弄这么一车子木头来给她烧，即使出钱，也买不到。我忽然意识到自己平常所赠予祖母的都是方便获得的东西，而不是她真正需要的。

"这些木头都是哪里来的呢？"

"据说是老房子拆下的，拆了整整两间房子。"祖母带领我们参观了她的"燃料工厂"，体积庞大，占据了整个天井和公共通道。

一直以来，母亲都在说服她使用煤气灶，还给她买过一台。教她怎么用。只需操作一个按钮就行，凭那种浅蓝色的火焰就可以把食物加热，没有任何污染，屋子里也不会弄得脏兮兮的。

可她就是喜欢弄出一些真正的火焰来，以此来烹煮饭菜。没有柴火的时候，她就往炉灶里面塞各种东西，废布料、橡胶轮胎什么的，臭不可闻。四邻们怨声载道，连她自己也无法忍受。

柴木长在山上，再没有人帮她去砍下，晒干，运回柴房；最好的燃料都在那里，而那些山已经很多年没有人上去过了。

上山砍柴的人，都已经在那里沉睡多年了。

山成了一个封闭的世界，祖母取不到那个世界里的东西。她怀念松枝燃烧时发出的声响，瞬间乍现的火光，好似给黑暗的板壁镀了金光。燃料缺乏的时候，她曾往炉灶里塞那些乱七八糟的东西，有时候还会浇一点菜油上去。

可是，没有那种火光，没有那种纯粹而持久的亮度，没有那种美好的气味，把火膛边的人脸照得透明、纯净、充满光泽。

从前，每一天，她都试着让自己走远一点，去林子的边上拣一些枯树枝。她最喜欢的还是松枝。有一阵子，为了赚钱，他们砍下很多树，几乎把它们都砍光了。现在，她能拣到的只有芦苇叶，一塞进灶膛里，便轰的一声，化作一股青烟散掉了。根本无法煮熟任何东西。

祖母拒绝使用煤气灶，这让煮熟食物这件简单的事，变得艰难。大概，整个村子里只有她一个人在烧火煮饭。现在已经没有人在她面前再提煤气灶的事，好像煤气灶这样的东西真的与她无关。

好几次，我去那个小屋，都看见她从黑咕隆咚的灶台间的火凳上起身，向我走来。在她身后，局部而散淡的光芒从狭窄的灶膛里透出，映在那斑驳的板壁上，呈现出某种古老的图案，待火光渐渐暗淡下去，那图案就消失不见了。

某一年，祖母被迫离开小屋，到母亲的房子里暂住过一个月。母亲开了间小超市；白天，她就坐在货架尽头的角落里，坐在那把竹椅上。她离开了她的劳动，变得无所事事，甚至也没有显示出明显的"无所事事"的表情。

她只是坐在那里，什么也不做，当人们看到这个人的时候，好像看到的并不是人的形体，而是别的什么东西。她与整个环境——白色墙壁、瓷砖、抽水马桶、现代厨房——的关系，让人感到别扭。

在那些空间里，她没有行动，或尽量减少行动，如果她真的在期盼一件事，那就是赶紧回去，回到那个属于自己的空间里。家里人很快明白过来，她属于那个地方，只有回到那些桌子、板凳和麦秸身边，回到那个光线暗弱、视物模糊的空间里，她才能展开她的行动和自由。

我的童年就是在祖母的小屋里度过。春天，地是湿的，散发出一种腐烂的气味。下雨天，木壁变得酥软，好像整间屋子随时可能坍塌。动物牲畜的气味随处可闻见，随处可见的脏腻感。

雨水泛滥的时候，天井里一片汪洋；外面石子路上，黄泥水泛着泡沫，肆意横流。一个洪荒的世界。

成年后返家，一走下车，远远地靠近那个屋子，望着废弃矮墙上摇曳的野草，过去的一切伴随着汹涌的气味而来。屋子里，祖母衰老如斯，拖着笨重的身躯，动作迟缓地做着一切，迎接我，转而与我告别。她安之若素，不曾期待，也不表现伤感。好像她是代替我，代替我们家所有出走的人，留在原地。静大于动。沉默多于言语。至于信仰和那些经文的奥秘，她丝毫不懂，也没有尝试理解的念头。她不认识字，却对那两百六十字倒背如流。这也不是什么了不起的本领，熟能生巧而已。

凌乱的院落里，没有牛羊牲畜，没有孩童，也没有公鸡的啼叫。阳光照耀着一堆废弃物。一切似乎都静止了。矮墙边，那棵唯一的楝树，当初不知被谁种下，如今越来越往高处生长，却始终处于院落的围困之中。

每一天，她都是和前一天一样度过。简单重复的劳动，给了她安慰。干燥整齐的柴火，温暖舒适的被褥，烟酒齐备，这是更大的安慰。

只要宽大罩衫里那颗衰老的心脏仍在跳动，她就需要那些火光。我已经很久没有体验柴火发出的光芒，那种热乎乎的感觉，混合着饭菜的香味，在饥肠辘辘的冬天的黄昏，可以让周身血液都变得温暖。

在进入黑夜的漫长旅程之前，火光已经把这个屋子和屋里孤独的人一一照亮过了。

很多时候，我几乎忘记祖母的存在，她已经死去或仍在这世上活着，好似都成了另一个世界里的事。唯一证明时间仍在流逝的是她的劳动成果，那些经文安静地躺在那里，躺在那些大小不一的篮子里，被一块块红布头遮盖着，或敞开着裸露在空气中，发出暗淡而模糊的光芒。数量日渐增多，是庞大工程的一部分，坚持不懈，以生命终止为休止符。

——它们等待着被火光送往另一个世界。

Chapter Ten

生者与死者

1

坐了三个多小时的快客，到家已是午后。母亲将我领到父亲床前，理发师刚刚离开，他给弥留中的父亲剃了头。母亲说，他的头发太长了。当她这么说的时候，并没有看我。我微微点了点头，留意着望了一眼地板，想着地上或许还残留着父亲的碎发，可那里什么都没有。它们已经被清理干净了。

这是 5 月的一天，我被母亲的电话召回来。

过去一个月里，我做梦都在想着这个电话。总有一天，她会给我打来这个电话。果然，这一天来了。当我在电影院里看《芳芳和郁金香》的时候，母亲的电话打来了。

我接完电话，在黑暗的放映厅里又坐了一个多小时。

现在，我站在父亲床前，看着板寸头的父亲躺在一张新换的草席上，身上盖着一条薄毯，毯子拉到胸口的位置。父亲的手放在哪里，我没有看见他的手，却被他喉管里发出的声响吓住了，那不是鼾声，父亲打鼾从不这样。

从父亲喉管里发出的声音显得异样。

在房间角落的那条小板凳上，坐着我头发花白的爷爷。他被我母亲从他的家里叫过来，坐在这里。他看了我好几眼，好像在说，你们去忙吧，如果有什么事，我会叫你们的。

半个小时后，我来到镇上。母亲叫我去给父亲买一双皮鞋。5月的午后颇为闷热，街上行人很少，我很快找到那家皮鞋店，它和一家花圈店毗邻，中间隔了一座桥。我仅仅报了码数，没有怎么挑选，就付了钱。那双皮鞋四十块钱，那个店里的鞋子差不多都是这个价格，方头，船形，系带，皮质很硬。

父亲以前穿的就是这种鞋子，他穿破了无数双这样的鞋。现在，他需要一双新鞋。我拎着父亲的新鞋，走在尘土飞扬的小镇的大街上，感到自己随时可能停止前进的步伐，一种强烈的永远将记住这一刻的感觉左右着我。

事实上，十二年之后的今天，我仍然记得那一刻，那个拎着皮鞋的初夏午后，就像某种残酷的永远也擦不掉的印记，一直跟随着我，形影不离。

我拎着鞋子走回家，母亲接过我手中的鞋子，给父亲试穿。母亲将皮鞋取下，整齐地排放在床前。我快速看了它一眼，好像是第一次打量它，鞋子很新，黝黑瓷实的皮质散发出深沉的光泽，呈现出一种死去皮革的亮泽度。我心里有种异样的感觉，自我在电影院里接了母亲的电话，踏上回家旅途的那一刻起，我对时间的感觉完全改变了。它们变得那么缓慢、艰难，每一分钟都可能发生什么，每一分钟都好像是最后一分钟。

父亲依然在昏睡之中，连姿势都没有变，好像再也不会主动动一下，除了喉管里发出的声响，还有胸口的起伏，表明他仍是个活物。母亲说他昨夜疼得不行，医生来了，给他注射了一支吗啡，然后就这样了。

"他一直那样躺着，喉咙里发出声音，有点响的。"母亲轻声说道。

他们都说父亲在等我回来，等我给他买鞋，穿鞋，看着他离开。他们这么说的时候，他已经咽下了最后一口气，他的身体马上就要变得僵硬。听着这些话，我很想哭，事实上已经有人哭开了，那是隔壁叔叔家的胖大婶，她倚着门，一边哭，一边念诵经文，那声调听着莫名地有些滑稽。我站在父亲房间门外的过道上听着这一切，房间里已经没有了父亲，有人把他背下去了，背到楼下的门板上。现在，他已经躺在那里好久了。可我一直站在房门外，我想推门进去看看，看父亲是否还躺在那张棕绷床上。脑海里浮现出夏日午后的画面，父亲半躺在沙发上睡着了，被单盖到了下巴底下，快要触着下巴了，那闭眼的神情无端地充满了稚气。我很早就发现所有的人在睡着后，都会变得比实际年龄要小很多。现在，父亲肯定也闭着眼，就像睡着了那样，可我不敢往那张木板上张望一眼，哪怕父亲的脸已经被毛巾遮住，而且那个角落光线昏暗。

当父亲像个冷冻货物那样躺在白花花的冰柜里，他们已经得着消息，陆续赶来了。一拨拨人，站在冰柜前面哭，一边说话一边哭，那哭不是纯粹的哭，说话也带有表演性质，含着哭腔，反反复复，说来说去也就那么几句。我漠然地看着这一切，完全不知道该怎么办，我恨这些人，他们为什么要跑到这里来哭，你们有什么好哭的，哭给谁看呢。我感到自己的人生完全被这些哭声给摧毁了，而不是父亲死去的事实。

我想让这一切结束，快点结束，让吊唁结束，哭声结束，葬礼结束，让父亲死去的痕迹被抹平，让知道这事的人忘了它，让没有听说过的人不必知道它。

而我除了坐在低处的板凳上，什么事情也做不了。他们让我哪里也别去，看护着父亲脚下的这盏长明灯。白色棉线浸在灯油里，那光芒既不无限放大，也不至于微弱得要灭掉，它幽幽地亮着，好像亮在一个幽暗的洞穴里。

我没有觉得父亲已经死去，我什么感觉也没有。眼前的冰柜，冰柜里躺着的人，人脚下的长明灯，以及时不时地会爆发的哭泣声，都和父亲没有任何关系。或许他们只是借着父亲的外壳，在做一些和丧礼有关的事情，完成一项必不可少的仪式。而真实的父亲仍在另一个世界里完好无损。

我当然没有悲伤，甚至不知悲伤为何物。我躺在床上，在一种昏蒙异样的气氛中，好似逃避什么似的很快睡着了。当清晨来临，一个苍老、尖锐的声音把我哭醒。被迫睁开眼睛的刹那，我惶恐极了。真正害怕的事情已经发生。我的祖母来了，她就在楼下，她声嘶力竭，哭天喊地，给我一种大难临头的感觉。

不是父亲死亡的事实，而是祖母的哭泣让我觉得这个世界上的某个角落正在发生一件悲惨的事。对祖母哭泣场面的想象，让我的身体像钉子一样被钉死在床上，久久无法动弹。她的哭彻底暴露了一个事实，我试图掩盖的父亲已经死亡的事实，这让我感到愤怒和焦躁不安。我没有勇气走到她面前，劝她不要哭。

我甚至没有勇气从床上爬起来。

有一刻，当祖母哭声停止的刹那，这个世界安静极了，我似乎听到冰柜里躺着的父亲也悄悄地喘出一口气。

2

里尔克有一个观点，他认为人的一生中最难掌握的一门学问就是"告别"。在父亲离去的十二年里，母亲每次说起他，好像是在说一个出门远行的人，一个可能再也不会回来的人，一个对现在的好日子无法及时享受到的人。她是在可惜，可惜父亲去得太早，以后发生的那么多事情都不能参与，不能亲见。

可是这十二年来，到底发生了什么，除了家里的每个人都变得老了一点，其实什么也没有发生。还有什么事情，比那件事情更加重要？而且它余波未了。我觉得它每年都在发生，时刻都有可能发生。如果不小心想到了它，即使是在最欢乐的时候，我也无法欢乐到底。

所以，我不同意母亲的看法——可我什么也不说，也不想让她说，一切都还没有到自如地谈论的时候，这一天远没有到来，尽管已经过去十二年。

事实上，母亲谈得也少，至少在我面前很少谈，因为我们聚少离多。有一次，母亲陪我坐在路边等车。我要回去了，她执意要送。在我们面前，群山绵延，无穷无尽。我想起小时候和父母亲进山砍柴的事。半路上，我的毛线帽掉了，一辆大卡车停下来捡走了它。以后每次说起这事，他们都说那顶红帽子真好看，用钩针勾出来的，连见多识广的大卡车司机都觊觎。于是，随着大卡车去了远方的那顶红色毛线帽，时常成为我们的谈论话题。

我们总是在很高兴的时候，才会谈论那顶帽子。

那次，我想起了帽子，却缄默不语。一旁的母亲却说起当她还是个小女孩的时候，就开始干活了，在那样高的山上割草——她指了指我们前面的那座山，天还没亮透就要出门，连续割好几天，割得手上长出血泡来，真是辛苦啊。母亲说"辛苦"两个字的时候，我的头脑一下子变得迟钝，好像血液在倒流。我听着她的话，却无法做出回应。我看着远山，脑子里一片空白。我觉得难过，这样难过的时候太多了。母亲淡淡地说了几句后，没有多说什么，只傻呆呆地坐着，坐在我身边，不知看着什么地方，眼神中有些无助。此刻她是一个人了；这十二年来，她都是一个人。她子宫萎缩，月经停止，女性特征渐渐消失。她想起小女孩时独自在山上割草的场景，露水湿透在脚踝上，芒刺切割着身体中裸露的部分。那样的场景我无法想象。很多她一个人生活的场景，我都无法想象。其实，我很少想她。

有一次，她在电话里和我抱怨江南的冬天太冷了，被窝里总是热不起来。我想起热水袋，还有电热毯，我说你可能需要这些东西，另外，睡前洗个脚吧，会暖和一些……我还说了别的增加血液循环的办法，让身体不冷的办法。电话那头的母亲，渐渐地不再出声，然后挂了电话。

很多时候，我们通过电话联系，或者不联系。

我喜欢在傍晚的时候给她打电话，电话那头她的嗓门很大，声音很响，有些兴奋，她会说些发生在村里人家的琐屑的事情给我听。我慢慢听着，感到激动，为自己随时能切入到那个世界感到激动万分。我心里明白，这个世界上再没有哪个地方能让我如此关心。

我关心父亲所在的公墓最近又添了哪几座新坟，死去的人是谁，我认识他们吗？他们为何被送入墓地，是意外死亡还是老死。我又想起父亲墓碑上嵌照片的地方始终空着，一年又一年，我没有将照片洗出封好，嵌进那个凹槽里。我想我是刻意地忘了去做这件事情，好像要以此来表明坟墓里的人始终缺席。

有一年，我在父亲的墓前烧了一张报纸，那上面写了一些我最近几年发生的事，好像这样做便能让他知道我的境况。我为自己的境况可能被他知道而感到踏实和安宁，或许这是我们之间唯一可能存在的交流方式。

最近，母亲又告诉我，墓地里来了一对夫妻。男的因女的出轨将其杀死，然后自杀。生死同穴，俩人最后还是葬在了一起。还有溺水而亡的，从高处坠落的，年纪轻轻就生癌症死去的。

在父亲身边，聚集了越来越多的人，我了解每一个人的情况，并记住他们的名字。这十二年来，他们的数目在增加，越来越多。即使如此，我还是无法接受父亲已经死亡的事实，就是说，我没有因父亲的死感到悲伤，那种达至巅峰状态的悲伤，所有悲伤的极致还没有被我拥有——有时候，我也怀疑这世上是否有这样强烈的情感存在。

这十二年来，无论我走到哪里，遇见什么人，做了什么事，只要夜晚来临，躺到床上，我便像是回到了过去。我从没有离开过去一天。

最近，连续两个晚上，我梦见了父亲。当我在路上走着的时候，有个旅人模样的人大声告诉我，你父亲回来了快回家去看看吧……我绝望地大哭，即使在梦里，我都知道那个人说的话是假的。另一个梦是，父亲的腿坏了，尽管坏的只是腿，可我分明觉得他随时会死，以不同于现实的方式再死一次。

所有关于父亲的梦都笼罩在死亡的阴影里。父亲还活着，父亲又随时会死去，我在梦里清醒地知道这事情迟早会发生，再发生一次。

父亲去世十周年的时候，母亲在祖母的要求下，去找了关魂婆。在乡村，方圆十里之内，总存在着这么一两位掌管灵魂的老太婆，她们吞云吐雾，神神叨叨，把死者的灵魂关进身体里，然后以肉身与死者亲人进行交流。

母亲回来说，你父亲好像什么都知道。她指的是，父亲通过关魂婆之口，准确地说出了我们家的境况，最近发生的事情，所添的丁，无所不知。

那个关魂婆，她到底是怎么知道的？那张在模拟中死去无数次的脸又如何准确地知晓了我们家的秘密？人真的有灵魂吗？我无法相信，也无法果断地怀疑，只觉得这些事情实在奇怪极了。

3

我曾在一个叫《墙上的画像》的小说里，让一个男人穿上我父亲的衣服，戴上我父亲的帽子，使用我父亲使用过的乐器，坐在我父亲的座椅上，在我们家生活，给我们惊喜，也给我们痛苦。

这当然只是个虚构的故事。事实上，在我们家，那些父亲曾使用过的东西，那些独属于他的物品，在葬礼之后，就不见了，被烧尽了，遗弃了。统统消失了。甚至父亲睡过的那张床，当被在河水里浸泡了很久后，母亲改变了它在房间里的摆放位置，好像这已经不是当初父亲睡过的那张。它们变得没有任何关系。那条酒红色毛毯，一直盖到父亲下巴底下的那条酒红色毯子，也作为遗物被烧掉了。

物品的消失的确减少了人们睹物思人的可能性，却不能杜绝思念在更深层的地方蔓延，一旦这种情绪被识破，被窥探，泪水作为一种最生理最本能的分泌物，马上面临决堤的可能。

这么多年，我们全家一直在默默地追寻父亲的死因。那么年轻，只跨在中年的门槛上，却遽然撒手，好似有一双无形之手将他推向万劫不复的悬崖。

很长一段时间，村里人都在议论父亲的早逝。我一点也不能从别人嘴里听到他们对这件事情的谈论。显然，死亡是一切物质和精神的完全消失。一个拥有一切的人站在一个高度谈论那个一无所有的人，无论以何种态度，这都是一种傲慢。我想，我一直无法接受父亲的死亡，可能是无法接受这种被同情、被谈论的命运，特别是这些谈论者带着无上的活人的轻浮和优越感。

很多时候，我感到的是屈辱，深深的屈辱。任何的努力，试图转移注意力，都不能减轻这种屈辱感。除了时间，我寄托于时间的流逝，让它把我带走，把世上所有的知情者都带走。此后漫长地活着，我只是等待着。

也有这样的时刻，当我看到那些衣衫褴褛者为了生存拼尽全力，仍食不果腹，毫无尊严，我就想到父亲终于不必为此揪心了，他安安静静地在某个地方躺着，不用行动，不必谋生，也算是保全了尊严和体面。

在他活着的最后几年，他已经很少展露笑颜，被中断的睡眠和反复打乱的作息时间，让他看上去就像一个在黑暗里生活多年的人，恍惚而倦怠。每次放学回家看到他，我都低着头，生怕和他目光相触不得不没话找话说。我们很少谈论什么，甚至日常的对话也显得生硬。关于他在橡胶车间里的事还是母亲告诉我的。

父亲当初能进车间上班，是因为母亲给人送了一只猪蹄。"这个老头，看上去那么瘦，背都驼了，还干得动吗？"我第一次听母亲转述车间同事见到父亲时所说的话，心里有种莫名的惊诧与心疼，我的父亲怎么成了一个老头了？"如果不是为了供你们上学，他也不用这样拼命。"母亲又说，"可这个工厂还是不错的，你父亲生日的时候，他们还送了蛋糕。"父亲很骄傲地把蛋糕领回家，分给邻居小孩吃，自己却不吃。

凭着少年的敏感，我隐约看到父亲身上有一种精神性的特质，内向，害羞，强烈的道德感，热爱着武侠小说和那些虚幻的人物，与周围热衷于买卖和算计的大人如此不同。他在我母亲逼迫下曾做过生意，却经营不善，血本无归，他拿它当笑话讲给我听。他身上的这种精神倾向，强烈地吸引了我，并影响了我对人事的判断。那时候，我武断地认为我的母亲精明能干、庸俗不堪，而我的父亲却品性高洁、卓尔不群，长大后，我也要成为像父亲这样的人，我要找的伴侣也应该是这样的人，以致少年时邂逅一个阳光俊朗的男生，却听他在和人讲一些庸俗不堪的琐事，而感到天崩地裂，有强烈的谬托知己之感。

彼时，我对父亲的崇拜以贬损母亲为前提，而看不到母亲操持生计背后的艰难。家里遇到困难了，去找人帮忙的永远是她，她奔波在市场街，亲戚们的会客厅以及各种生计的路上，而父亲很少去做这些事情，他像个先生那样，穿着干干净净的衣服，在村子里走来走去，连很坏很坏的人见了他都说他好。

后来，母亲给人送猪蹄把父亲弄进那家效益很好的工厂，实在是因为家里需要花钱的地方太多了。对于父亲这种体质孱弱、游手好闲的人来说，被按部就班地关进一个黑暗逼仄的空间里，真是一个噩梦般的开始。他去上班了，伛着腰，低着头，越来越瘦，眼眶里布满血丝，一身灰色制服松松垮垮地披在身上，好像一阵风吹来就能将他刮倒。不上班的时候他就躺在那张棕绷床上，把毯子拉到下巴之下，打着呼噜。在那个灰色房间的水泥墙壁上，贴着一幅我从地摊上买来的书法作品"有志者事竟成"——一样用来激励人心的道具，当初以为前路茫茫有无数的可能性在等着我，现在看来，远方除了遥远一无所有，什么都没有。

那六个字被病中的父亲无数次地观望过，也被青春期的我热切地凝视过，此刻却让人觉得莫名荒诞和凄凉。

4

有一天黄昏，我们坐在窗前，父亲忽然说，我没有用了，再也不能帮助你们了。以后，你们要靠自己了。

他说那番话的时候，半边脸浸在阴影里；语气伤感，不给人希望。自从生病后，他就再也没有笑过。看到探望的亲友进入房间，他机械地完成"微笑"的表情，便再也没有别的表情。

那天黄昏，当他这么说的时候，我没有抬头看他。我说了什么，大概是说了一些安慰的话。我说不出来。

每想起这个场景一次，我就难过一次。

那时，我还不知道他这是在交代后事；那时候我还不相信他真的会死，虽然可能性很大——世上之事当没有发生之时，我总是不相信。

他在床上躺了一个月，也疼了一个月。这段时间对谁来说都很艰难，唯有结束它。父亲很快就让这一切结束了。

黄昏窗前的谈话，是唯一一次涉及未来的谈话。他要我们靠自己。他已经无能为力，无话可说了。病中他想以练字来消解疼痛，可连握一支毛笔的力气都在失去。所有的一切都在丧失。他的时间已经不多。

这很残酷，一个人还年轻，可他的时间已经用完，他的生命就要结束，就要清空和归零。这是一种怎样强悍的命运的意志，只能遵循，不能反抗。这么多年，我一直试图在为这种情感找到一个最为安详的表达范本。我在虚构与非虚构之间徘徊，试图搜寻真实背后的真相。但我发现问题不在于此，我仍然逃避着，该如何接受父亲的离去，是一个人在这世上彻彻底底的消失。或许，我无法接受的是从今往后将无所凭借，无所依靠，我所依靠和凭借的已经被我提前用完，耗尽，再也没有了。

少年时，我穿过大海去看望父亲。他在浦东开发区给我姨夫的建筑队做仓管和会计。我在黄昏的时候上船，经过一夜航行，于第二天清晨抵达那个庞大而灰蒙的港口。父亲在码头上等我。更多的细节我已无法记清，只记得当船只完全置于浩淼深海之上，周围无任何凭借物时的那种惶然，那一刻多么孤独，船上的我多么孤独。

当父亲的病体昼夜疼痛不休，在床上打滚，而周围的人都抵不过疲惫昏睡过去，唯一响声来自隔壁新生婴孩的啼哭，那是一种怎样的孤独和无望。

父亲离开很久之后，我去了阿育王寺。那是青年父亲曾经抵达过的地方，他与朋友在那个地方的合影还夹在家中某本旧相册里。我在寺院里徘徊许久，寻找着旧相册里可能出现过的影记，却一无所获。

脑海里经常浮现的还是病中父亲瘦削的脸庞，青灰色，颊部刀削一般生硬，几近枯木气息。表情郁结，嘴角生硬地牵动，笑纹外展，又马上闭合。亲眼看着他灰飞烟灭，变成一堆白骨，白骨碾碎，碎屑里赫然出现一颗莹亮的白牙。

我见证了他形体幻灭的整个过程。

当他们将他从冰柜里抬出，那块白色毛巾从脸庞上滑落在地，鼻翼两侧赫然出现褐色斑点，身体内部开始腐烂、变质无疑。

就像我童年抽屉里的苹果。

看到那张脸庞的时候，我想到的却是苹果，一枚腐烂的苹果，被枝上清风摘走。时间摘走了我的父亲。他在人间逗留四十八年，经历过饥荒，三年困难时期，"文革"，分产到户，交人头税，还有浦东大开发，之后返回家乡，进入一家橡胶厂上班至患病躺下。

现在，每当返乡，我总能遇见父亲过去的朋友、同事，远远地，他们看到我就笑，恍惚的笑，好像是对着我的父亲笑。他们通过我的脸庞，看见了他，看见牌桌上的他，车间里的他，曾经谈笑风生的他。我在他们脸上也恍若找到了父亲的影子，五六十岁后的父亲，那黯然苍老却依然健在的面容。他们仍在各种工厂里打工，做着三班倒或两班倒的工作，大多已经做了祖父，儿孙绕膝，我替父亲羡慕他们。

再过十几年或几十年，等他们都不在了，这些父亲的同时代人都从大地上消失了，可能再也没有什么能让我如此直接而强烈地意识到父亲曾经存在过，就在他们中间，和他们一起打过牌，筑过堤坝，参加过村主任选举，一起拉过选票，也发生过争执。

今年春节回家，我拐进一个破落的旧院里，看见一桌人围坐着吃饭。他们中有个老妪忽然站起身，走到我面前，和我搭话。

"你看你都这么大了……结婚了吧……你爸爸……他走得太早了啊。"她眨眼看着我，长时间地注视我的脸，好像在努力辨认着什么。或许是因为我的脸，他们从我的脸上辨认出了我父亲的模样。

老妪退至席上，和边上人嘀咕着什么。我离开旧院，去推祖母的房门。父亲离去十二年，她依然活着，以前是织网，眼睛不好后，开始念经。当她停止"阿弥陀佛"的时候，就会在我面前抹眼泪。

她从不掩饰自己的悲伤。她的哭好似挑衅，好像在说，你们都把他忘了，可我没有，我一天也没有忘记他。

十二年了，她独自待在一个黑暗的屋子里，不走动，不出门，除了食物，几乎不需要什么。甚至，她越吃越少。可她依然活着。当深夜忽然想起她，忍不住一阵惧怕。我感到那是另一个自己，一个老去了的自己，一日日夹在时间的缝隙里，苦苦挣扎，甚至连挣扎也没有。

我不喜欢一个人老了是这样的状态，我又有点羡慕一个人老了，可以如此任性，想干吗干吗，可以不分昼夜地只做一件事情，坐以待毙，坦然赴死。

5

西部旅行的时候路过一片戈壁滩上的乱葬岗，没有墓碑，没有标记，放眼望去，除了砂砾碎石再没有别的。而砂砾深处，白骨累累，几世几代，不知何人、来自何地。

另有一次，我在异国街头，看见水泥丛林中隐藏着无数墓地。

在楼房与楼房之间，镶嵌着一块不大的区域，整洁，肃穆，安宁，再走过几条街区，又见这样的墓葬群。

我家后门也有一座墓，早在房子建造之前就有了。墓主不愿搬迁，说败坏风水，建房的人也没有办法，以致打开后窗就能看见它，久之习惯了，也不怎么害怕。因为疏于照管，整个坟头野草漫漶，荆棘丛生，还长出树，渐渐地把墓碑遮住了，只露出一个隐约的单人沙发形状。

父亲病重的时候，村干部来我们家商量墓地的事。他们的声音有点响，我在二楼父亲的房间里都能听见。他们在说，虽然村里刚刚实行火葬，所有火葬后的骨灰都要埋入新辟的公墓里，可这个政策实行后还没有人过世，父亲可能是第一个，能不能不按照这个政策办，让父亲舒服一点，有一个独立而宽敞的埋身之所。

我母亲感激他们的提议，说如果能这样，自然最好了。

后来，父亲还是入了公墓。他是村里第一个入公墓的人。公墓在一个叫坟庵的村子后面，四周都是杨梅树，很是清幽和僻静。坟庵村里的活人越来越少，而墓地却越建越多，似乎附近村里的死人都住到这边来了。

我熟悉墓地里埋着的人，每次经过那里，就好像经过那些人的家门口，总要忍不住张望一番，脑海里浮现出他们生前的模样，可能还是我童年时看见他们的模样。而当我来到父亲墓前，那种感觉就会荡然无存。我的心情马上变得黯淡，迫切地希望祭祀完毕，马上撤离，一分钟也不想耽搁。

在父亲去世之前，我觉得上山扫墓是件欢乐的事。我们跟着爷爷，大家说说笑笑，看看风景，空气那么好，花儿那么红，反正坟墓里住着的人我们不认识，反正他们已经死去那么久，已经毫无知觉了，想必也没有什么痛苦了。

那时候，我喜欢过清明节，喜欢扫墓，喜欢去不认识的死者身边，装模作样地给他们提供几样固定的食物，焚香合十，念念叨叨，祝福他们在那边一切安好，不必返回，不必挂念。

我还捧一大把杜鹃花回家，或者供奉在坟前，我自认为那些死者也能欣赏这野花之美，他们正好有大把时间可观赏学习，反正人已经死了，肉体活动已经消失，如果精神不灭，正好可以琢磨这些事。

每次从墓地回来，我的心情都有点异样，也有点疲倦。我们家的墓地尽管多了点，且分散在不同的山上，但相对于家谱上记载的枝杈分布的人物谱系而言，它们的数量实在太少，好似离我们近的人才配拥有被怀念和祭祀的权利，而那些死去很久很久很久的人，我们是管不着的，也不知道怎么管。一想起这些，我的心里顿时空落落的，觉得这个世界是个庞大的坟场，大家迟早都要被埋在地底下，被彻底遗忘。这么想着，我又似乎想通了一点什么。

父亲的人生帷幕在十二年前就已落下，我作为参演者却在空无一人的舞台上傻等着他再次出场，或以梦境，或以魂魄，最终自然什么也没有等到。

母亲一直念叨着要请道士来为父亲施焰口，做这类法事的主要目的就是给亡人送去巨额钱财，以保他们在那边衣食无忧，因为父亲故去之年家中拮据，没有余财可让他携带，为此家人一直心怀焦虑、内疚。

可不知为何这场法事迟迟未办，给死者送去食物和钱财的事也就此搁下。祭祀年年都在进行，在墓地或家族宗祠，祖母所念经文上写着父亲的名字，可以准确无误地送达，也算是一种安慰。

只要世上所有的墓地连成一片森林，只要树一直生长，向着天空的方向生长，在人群的头顶升起一片枝叶浓郁的绿荫，我就可以无言而快慰地等着时间抵达那最终的一天。我的想念和悲伤从此沉入地底，化作绵绵尘埃与厚土。

现在，我差不多已经忘了父亲的准确模样。我可以从一张照片中辨认出他，却无法描绘出他的样子。像一个真正的丧父者那样，每当别人提及这个称谓，我只本能地感到迟钝和麻木，再也无法与人共鸣。

我还像个过早丧失一切的人，看着他们在亲情的怀抱里进进出出，只感到一种清醒和阴凉从脊背处幽幽散发出来，至此，我已不畏不惧，对命运的安排全盘接受。

Chapter Eleven

浪　子

1

千方百计地偷袭我尚未结痂的创口，盼我手上或脚下的伤痕再次出血是哥哥的童年乐事之一。我对创口的病态防护基于对痛觉的敏感。我怕痛，更怕在毫无防护的情况下，皮肤被撕裂；从同一个地方，暗红黏滞的血液再次流淌而出。

我很怀疑，这从同一个地方流出的血液，是否拥有不同的源头——它们带给我的恐惧感是如此不同。对于这个世界，我可以说是一无所知。很多时候，我以为自己行走在真相的边缘，不想这只是另一个深渊的入口。

记忆里似乎有过一个极为普通的下午，家中某个尘封许久的抽屉里躺着哥哥小学时的日记本，我好奇地辨认着，想要找到一个日后叛逆成性的人彼时可能存在的蛛丝马迹。让我诧异的是，日记里的哥哥却是一个异常节省的人，放学路上捏着零花钱，走过冰棍摊，忍着干渴不靠近。除此之外，还有别的事迹也被记录在那个本子里，无一例外，那都是一些扶老爱幼、舍己为人的"先进"事迹。

我当然知道这些场景是彻底虚构的产物，我自己也曾做过这种事，一个孩童很难说清楚为什么要去书写那些根本不存在的故事，去建构一个并不真实的自我。不必说儿童，我之后认识的很多成年人包括我自己，都无法面对类似的追问。

哥哥在日记里所塑造的形象与他日后所表现出的"恶"，形成了巨大的反差。他们是出现在不同意念、时空里的同一个人，可惜前者的形象并无落地生根的可能，后者却着实危害了我们很多年。

那段日子里，不断有坏消息从外面传来，哥哥打人了，哥哥闯祸了，哥哥可能被抓起来了，好像哥哥的一举一动都处于众人的监视中。他虽然不在家，不在我们眼皮底下出现，那些坏消息却一刻也没有消停过。

这么多年，我一直在想，是什么导致了哥哥出走。自小没有经受过体力劳动的羸弱身体无法对抗父亲的皮鞭之痛，还是外面林子里刮来的风让他不顾一切地想要奔跑出去？

我们的生活没有秘密。那些走村串巷的占卜者，村庄里沉默如墙的老妪，甚至遥远山冈上刮来的风，都对我们家的一切了如指掌。

很多年里，除了走亲访友，这个家庭还没有人长时间地滞留在外面。我们在外面没有房子，没有家；外面的世界对我们而言是一个完全陌生的世界。我们不知道哥哥晚上住在哪里，白天在谁家吃饭，如何打发时间。

我们的担心很快被证明是多余的，那个出走的人不断回来骚扰留在原地的人，他携带怨气和伤痕回来，就像一个带毒的人，不断地回来寻找那永远也不存在的解药。

当然，哥哥回来仅仅是为了拿钱。他需要很多钱。又因为经常得不到它们，他总是一副怒气冲冲的样子。

有一天，母亲在二楼房间里数钱，而哥哥的声音从楼下传来。她赶紧关门，脊背抵住门背后，用手指头指指楼下，我马上明白发生了什么。她不敢离开那扇木门，生怕哥哥撞门而入，上锁也没有用，哥哥有的是打开一扇门的办法。有一次他拿着一把菜刀，刀刃朝上，轻轻松松就将祖母房间的门哐当一声打开了。

为了应付哥哥地毯似的搜查，母亲将钱分散地藏于各处，裹在毛线团里，塞在写字台下，藏在鞋子里，谷仓里，各种瓶瓶罐罐里……她大概是想把它们藏在一个连自己都有可能找不到的地方，似乎只有如此才安全。是有好几次，她都忘了它们到底藏在哪儿了。

后来，当哥哥不再觊觎母亲的钱财，可她藏钱的方式却没有因此改变。

2

相比别人家时常漫溢的欢乐气氛，我们家显得过于沉默和拘谨了：连电视机的声量都调至最低。这沉默是有原因的，哥哥还在外面，谁也不知道哪天他会闯出什么祸端来，将我们苦心经营的欢乐破坏殆尽——既如此，我们索性不要那些终将会被打破的东西。

那个夏天的傍晚，我们全家坐在门口空地上乘凉。一个女人走进我们的视线里。这是罕见的。因为哥哥的事，全家早已习惯在村里的孤立地位。那是一个年轻又漂亮的女人，眉毛细细的，就像柳树的叶子，皮肤有一种罕见的白，细腻的，寒冷的，让我想起笼屉里的豆腐。三年前，她从苏州嫁到我们村。她肯定是在家里待得太久，以至于连影子都显得苍白。果然，她说自己得了一种叫迎风流泪的病，白天不能出门，"就是眼睛老是要流眼泪嘛。"女人笑嘻嘻地说。我们不知道那是一种什么病，以为那是一种眼疾。可年轻女人说不是。

年轻女人忽然讲到了我的哥哥，说那是一个很帅的小伙，有一次还帮了她的忙。我从来没有听人如此讲起过我的哥哥，我们全家人也都听得蒙掉了，这个外来女人肯定不知我哥哥的底细，不过也难说，哥哥尽管在家里很坏，在外头却是不偷不抢，对人和气。

"你哥哥会变好的。再给他一点点辰光。"年轻女人的苏州腔普通话软软的，有点好听，也有点怪。当她打听到我哥哥只有十八岁时，便说，到了二十八岁，他肯定变好了。女人又说她的丈夫今年刚好二十八岁，他们是在一个集市里认识，他追她到家里，父母亲起先不同意，那么远，不放心啊。不过她自己是愿意的。"我喜欢他。我那么喜欢他。"女人说这番话的时候，低了声腔，语调也随之变得婉转，神情羞怯，好似自言自语。她总是说"我的丈夫"，而不是像村里人那样"老公长老公短"。女人走后，母亲告诉我，她的老公是做生意的，据说在外面有了相好，很长时间没回来了。

"她婆婆说她脑子有点问题，用红丝线缝被子，孩子都两岁半了，还以为自己是新嫁娘。"母亲停了停，接着说，"不过，我看，她倒是没有外界传的那么严重。"

后来，年轻女人又到我们家廊檐下坐过几次，都是相似的夏天的傍晚。从来没有一个人在谈论哥哥时这样自然、温和，充满着耐心和体恤之情，好像谈论的是自家兄弟。她的语气里有亲人的疼惜、怜悯，却没有亲人们因期望落空、恨铁不成钢、多年的怨怼而生成种种咬牙切齿，爱恨交缠。她谈起我哥哥时的语调，让我们感到哥哥是一个有前途的人，我们要做的只是等待。年轻女人还说，在她们老家，也有过几个这样的后生浪子，不过他们都顶顶聪明，见过世面，比一般人大方。

那样闷热的夜晚，年轻女人薄荷一样的声音抚慰了我们一家焦

灼的心。很多人都在我父母面前谈论过哥哥，他们只是碍于情面或

有所企图，或者向我母亲借钱，或者求我父亲帮忙，他们言不由衷，

吞吞吐吐，话还未出口，就已变形、僵硬，提前背叛了主人。

那些夜晚充满安宁，给人期待。哥哥的命运将以何种方式延续，

真有所谓小径分岔、泾渭分明的道路供人选择吗？走了好人的路便

是好人，走了坏蛋的路便是坏蛋，这世上真有现成的路让人去走吗？

仰望星空，那里黑暗深邃，永久存在。宇宙最重要的特征是日

夜交替，影响我们家最重要的事情永远是哥哥的举止。一年年过去，

青春期的野花野草疯疯癫癫地随开随谢，无可寄托，我感到恐惧，

如果说隐隐的逃离念头算是由此而起的抵抗，那也是本能的身体上

的逃离，而不是基于对现状的改变。时间流逝，在我们心里，谁都

明白，不可能变得更好了。

那几年，每次我在暮色中回家，远远地看见炊烟从各家各户的

屋顶升起，就有一种莫名的畏怯。不知这一天哥哥又会犯什么事，

家里人的心情都好吗？如果这个世上没有哥哥的存在，我可以说是

一个没有什么烦恼、接近于幸福的人了。

我们等着，等到哥哥累了，老了，坏不动了，停歇下来。在时间的魔法里，没有什么不能得到解决。后来，当我离家，离开漫长、逼仄的热浪滚滚的夏日黄昏的等待，确实忘却了很多。可在最深的遗忘中永远保存着那部分记忆，甚至记得更为深切了，它是一个伤心的慰藉，谜一样的痛楚与深渊。记忆结成硬块，自为一体，拒绝异物渗入。

3

《聊斋志异》里有则《拆楼人》的故事。讲的是一个叫何冏卿的官员，遇一卖油者，其有薄罪而言语鲁莽，何竟杖杀之。后来，何升官发财，家资富饶，建屋上梁时，见有卖油者身影入未竣工的楼内，心中骇然。不一会儿，家人来报，妾生儿子。何心里惶恐不安，对人便说：楼工未成，拆楼人已至矣！果然，该子长成后顽劣异常，荡其家。

很多年后，当我读到这个故事，心里一颤，马上就想到了哥哥。他就是那个拆楼人，投胎在我们家。那么多年，亲人们都默认并接受了他的存在，好像是对前世罪孽的某种涤除。

那几年，我们家从没有添置过一件像样的家具，小心翼翼地抑制着时常冒出的、想要买点什么好东西回来的欲望。一旦哥哥的癫症好久未曾发作，只要我们流露出想要过好日子的念头，便有一个防御系统自动生成，于是，这蠢蠢欲动的欲望就被环堵萧然的场景给毫无悬念地压制下去，既然它们迟早都要遭到毁损，不如一开始就不要拥有它们，我们什么都不要，那些美好的东西不配出现在我们家。

装修用的三合板在阁楼上堆成小山似的，没有派上用场。冰箱还是早年买的益友牌，氟利昂耗尽，内部电线老化，开门关门要时刻防备随时可能出现的触电感，双门的表面布满坑洼，被硬物击砸的印记，由胶皮和塑料包裹的外皮被敲碎，露出里面的合金。门窗玻璃碎了，也就碎了。铁锅也敲碎过好几次，因为要吃饭，不得不去买了新的来。谁也不敢对这个家进行任何装饰，那是徒劳的。

很多年，我们住在一个家徒四壁的空间里。我们的后窗对着无名的坟墓，墓上芳草萋萋，远望与任何一处荒地没什么明显区别。

夏天的傍晚,窗外的青草蚊子从破碎的玻璃窗里飞进飞出。冬天到了,西北风呼呼地刮着,冷空气在屋子内外自由穿梭,恍惚中我们全家衣不蔽体,成了荒寒天地间的植株。

那个遥远的冬天的夜晚,我坐在火凳前喂柴,火光长久地映着我的脸颊,那光芒肯定还映照在我身后的墙壁上,我感到脸上粉灼灼,红彤彤,好像一切温暖、干燥的事物都奇异地汇聚到了我的脸部。那一刻,我走神了。我非常不现实地想到与我的现实生活毫不相干的事物。我想拥有一个房间,一个有门,有窗,有家具的房间,一个完完全全属于我的空间,连那里的空气都是我的,与别人毫无相干。我的脸越来越烫,我的脑门在冒汗,可我仍不断地往炉灶里喂柴,木柴在火焰的作用下发出噼啪响,有乳白色的汁液从其两端渗出,冒着气泡,一股奇异的气味在我鼻端蔓延。

屋子里,父母亲在说话。母亲说,她想要买一台洗衣机。这样,冬天的时候,就不用去河边洗衣服了。母亲又说,洗衣机不贵的,我问过了,好几个商场都有。母亲有点害羞地看着父亲,好像在等着他的答复。父亲忽然大手一挥,笑着说,洗衣机算什么,我还想买辆三轮摩托车呢，是后面可以坐人、也可以运货的那种。不过，我们家的大门可能太窄了，如果买了那样的车，还得把门面拓宽。母亲用爱怜与鼓励兼备的神情望着父亲，好像在说，那也算不了什么，你想买就买吧。我们还要买更贵更好看的东西呢！

在那样的夜晚，俩人目光交融着，碰撞着，彼此鼓励着，被禁锢已久的欲望与渴念在这温暖的冬夜里暗暗聚拢，涌动在一起，生出了只属于此刻的不切实际的幻想，如消融的糖块粘缠在一起。

洗衣机，三轮摩托车……我似乎看到那台洗衣机，还有三轮摩托车，更有别的什么东西，一些想也不敢想的好东西慢慢地向我走来，将空旷的屋子填得满满当当，物阜民丰的感觉瞬间涌上心头。然后，从这样的家里走出去，走到外面的空气里，这样的生活多么让人满足啊。

而在另一个夜晚，屋子里弥漫着生铁一样阴冷、沉重的气息。那肯定是个冬夜，或许还下着雨。他们忽然讲起那个来自苏北的年轻女人。这个死在异乡的女人，在自杀之前其实已经疯了。她要婆家的人将她埋到房子对面的山上，"这样，我的丈夫站在楼上，就能看见我了。"葬礼上，那个遗留人间的女孩正和另一个年龄相仿的女孩跳着橡皮筋，唱起马兰歌，一脸天真，丝毫不知她年轻的母亲正躺在薄薄的杉木棺材里，马上就要被永久地埋入地底之下。

年轻女人消失后，村庄里再也没有人用那样温和的语气谈论哥哥。很多时候，我们都无法相信那些话竟然是从一个濒临疯癫的人嘴里讲出，它们是光，是热，是神性的骤然降临。渐渐地，我们忘了那些话，我们自己从来不说那些话，它们就像台词，是假的。

4

那几年，哥哥就像一个被虚构出来的人物。校园外，江湖上，台球店里，到处流传他的故事。他的名字越来越多，诨号别名满天飞，全名反而鲜为人知。衣衫下露出的刺青图案骇得人心怦怦乱跳。少年们离家出走投奔他，他们的母亲走在通往我们家的路上，她们来祈求我的哥哥不要将她们心爱的儿子带坏。一路上，她们准备了一箩筐的好话，想要说给我的哥哥听，可她们没有找到他，她们失望地打量着我们，打量着这个破败不堪的家，一个家徒四壁的地方，瞬间窥透了我们的秘密——这是一个没有希望的家庭。

从那些支离破碎的眼神中，我们感到了绝望。

那个夏日午后，毫无预兆地，我被哥哥打了。我有一种索死的快感。我想去死。或许，我只是想去体验这种感觉。于是，我从家里出发，向着村庄之外三千米处的一个水库走去。一路上，尘灰扑面，热浪滚滚，我的泪水和汗液流淌在一起，分不出彼此。出了家门，我就知道自己死不了，也不想死，只是想亲自感受走那条路的心情。很多自杀者都走过这条路。我是在模仿他们，我和他们一样难受。

水库近在眼前。一汪青绿温顺的湖水蓄积在山坳底部，看上去格外安宁，有种混沌朴拙的美感。在泪眼汪汪的情形下，我并不能欣赏这样的美。我只是走到水库边上的那条柏油路上，在那里短暂逗留后，就往回走了。我仍在哭。我的哭泣无声而巨大，在胸腔里酝酿着，却也逐渐止住。

之后，无论遇到多么难的事，我再也没有去过那里。

与此同时，围绕着哥哥，一股疯狂的拯救行动在我们家生生不灭。它们指向一个根本性问题——劳动。我的哥哥没有劳动生涯。他退学，离家，打架，全是为了逃避劳动。

"人类德行滑坡的最大根源在于妄想不劳而获。"此刻，我的脑子里忽然冒出这句话。那时候，我们全家所有人的脑子里肯定也在想着这个问题：如何让哥哥回到劳动现场。一个人必须劳动，在监督下劳动，在皮鞭抽打下劳动，或者走进创造性的劳动生涯中！

他们想起了那个远近闻名的雕花师傅。在此之前，他们肯定想起过很多人，想到那些篾匠、油漆匠、木匠、泥水匠……可最终还是想到了那个雕花师傅。那个能让木头开花的师傅，拥有一种巨大的本领。那些木头上住着游鱼、美人、亭台、楼阁，还住着云雾、烟岚、隐者、鬼怪。那个被雕刻的世界奇异而安宁，我们全家都被那里发生的一切迷住了。雕花师傅被请回家，吃了一顿山珍海味后，将哥哥带走。三天后，哥哥回来了。他不是当天返回，而是三天之后。他让自己付出了三天的耐性。

压死骆驼的最后一根稻草注定不会那么快到来，或许永远也不会抵达，只要活着，就不会有那一根稻草的存在。

那时候，当我走在街上，看到各种各样的人，我永远也不会认识的人，便想，他们身上也有那么多揪心的事情正在发生吗？可他们还活着，大多数人总是活着，他们无处可去。

我们也是如此，活着，只是活着，无处可去。

有一年,家里的枣树结果很少。祖父母手持柴刀在树底下演双簧，一个说要砍它几刀,让它长长记性；另一个却说饶了它吧,它知错了,明年就好了。

确实,到了明年,枣树长记性了,变好了,结果多了,可是哥哥呢,谁来吓唬他,又有谁有本事让他变好?

爷爷觉得自己快要死了，由于我们家还没有死过人，他们就觉得或许可以用这件事情"刺激"一下哥哥，让他"变好"。

爷爷的小屋里挤满人。人群的焦点是哥哥，而不是行将就木的爷爷。爷爷气若游丝，目光直定定地望着哥哥。在众人的一致催促下，哥哥立誓以后好好做人，请爷爷放心。看他神情恳切，态度端正，爷爷这才安心闭眼，离去。可丧礼的哀乐还未散去，哥哥已经蠢蠢欲动，种种行为与过去没什么两样。奶奶觉得爷爷是白死了，好像他真的是为了教化哥哥而死去。

"你哥哥他不会变好了。人死了也就完了，活着的好好活着吧。"这一次，奶奶并没有想象中那么悲伤，无论是对爷爷的死，还是对哥哥的故伎重演。或许，她早就知道这一切都没有用，什么都没有用，种子早就埋下，长出的是好果子还是坏果子，那不由果子说了算，更不由她说了算。

有一天，奶奶停下织网的动作，神情严肃地对我妈说："现在，咱们只剩最后一条路了。"奶奶说的是女人，她们要给哥哥找一个女人，大概是想到了戏文里唱的冲喜小新娘什么的。可他们终究没有找，或许是不想让最后一条破灭来得太快，或许是因为没有女人愿意"舍身饲虎"。

那几年，家里人声息渐消，院子里的老人也一个个离世，只有奶奶似乎在等着什么。或许，在爷爷临终的床榻上，他们之间存在过某种隐秘的承诺。

我逐渐长大。可童年的天空，云层低垂，大兵压境，全是煎熬。偶尔坐卧河边大石头上看大人们浣洗衣物，水声潺潺，她们在讲述鳗鱼的故事，从前的鳗鱼有那么长那么粗，比水蛇还长，比手臂还粗，通体黏滑黑亮，似非普通鱼类，俨然已成鱼精。听她们笑语晏晏，捶衣之声古静、安宁，默想着这深渊之下到底藏着什么，可还有鳗鱼潜伏的身影？

没过几年，河水浅下去，河床干涸露底，只见白色板结的淤泥在烈日暴晒下化为齑粉，鳗鱼已经游走大海，不复踪迹。

5

关于真实，鲁西迪在《午夜之子》里有过这样的表意：真实是个与视角有关的问题，你离过去越远，它就越发显得具体可信。我还认为，真实或许就是被记忆反复渲染的那一部分，是无法被轻易抹去的心理刻痕，回忆导管中深厚黏滞、人事壅塞的局部。

多年来，有个画面一直在脑海里徘徊不去，没有随时间和记忆的磨损而黯淡下去，反而愈加清晰。它渐渐抽离当初的环境，成为颇具象征意味的一个场景。

整个童年，我痴迷于绕柱而行。门厅里那根虫孔密布的大柱子，是我乐此不疲的游乐场。每次都在"晕死了，我要飞出去了啊"的意念中，猛地刹住，戛然而止。身体是停下了，可由于惯性的作用，我还像颗陀螺那样旋转，旋转，好像要飞出去。或许，我马上就要飞起来了。

因为忽然降临的眩晕感，我的肉体好似被罩在一个巨大的发声的钟形罩里，充满强烈的不安。

飞行是所有逃离中最迅捷、最具诗意的方式。从童年的现场到成年后的梦境，我浸淫其中，无力自拔。十六岁那年，一个昏暗的清晨，我终于搭上大巴车离开故乡。父亲依据车子远远辐射而来的灯光，准确拦下我所要搭乘的车辆。那是一辆前车缀有许多小灯的大客车，车身很高，与普通的货车和集装箱都不同。天没有亮透。车厢里，人们头枕椅背，昏昏欲睡。车子上山爬坡，渡河过桥，一路颠簸，密闭车厢里的异味，随时可能涌上的呕吐感，让我焦虑不堪。想象中的兴奋感，在离家的路上就已经荡然无存。

从此之后，来自哥哥的消息渐渐少了。偶尔，它们恍如冬日冷风透过一扇半敞开的窗户，吹至我的枕边。惊悚，漠然至麻木，那是旁观者所取的态度。

在我这里，它们是藏在暗处的针，当我想要忘却之时，猛地戳我一下。再戳一下。在梦里，在母亲含糊躲闪的电话声中，无处不在。我从来就没有远离。只是从这个房间转移到另一个房间，所有那个房间里发出的声响，仍不时传来，甚至比亲眼所见还要真实。

异乡的黄昏，哥哥忽然来找我。我好似看到熟悉的鬼魂出现在窗下。那是冬天，他站在校门口，反复搓着手，说自己只是路过这里，来看看我的学校。他说这些话的时候，带着微笑的呆滞的表情，似乎有什么东西和记忆中的不一样了。我带他去食堂吃饭。我走在前面，与他错开两三步的距离，心里有些惴惴然，从没有想过在家乡之外的地方看到他，在父母亲人之外独自面对他。他快速地将一荤两素的盒饭扒光了，还是和从前一样，饭桌上撒了许多米粒，"你们学校的伙食真不错啊。"望着那触目的米粒，我没有说话。"为什么要到这么远的地方来上学呢？"他说这些话的时候，神情略有些茫然和惶惑，就像一个在梦里做了坏事的人，醒来什么也不知道，什么也不记得了。记忆中那张戾气氤氲的脸消淡了，代之以一个在俗世中讨生活的人惯于的倦怠与茫然。可那些米粒子，白花花的米粒子……

一个人长久养成的习惯可没有那么容易改变。

我听见他在说，一个人在外面要注意安全啊，城里小偷多要防着点什么的。他竟然关心起我来了，还那么真切。我第一次对他产生了一种复杂难言的感觉，让我不禁怀疑从童年蔓延而来的厌恶与恐惧是不是一种错觉。

十年过去了，时间首次让他以不同于以往的面目出现在我面前，好像这世上没有一件事情是我真正知道的。我只觉得悲哀，苦苦思索其中缘由，虽不难理解，却仍觉得真相大于所思所见。逆风行走的人，肉身被戳成千疮百孔，最后只得乖乖地顺着风向行路，可哥哥与那风中行走的人到底不同。他更像是被解除了咒语的人，从此钻入人群缝隙，战战兢兢地度日。

——异乡的黄昏，时间呈现了它终将要呈现的某个截面。之前的一切不过是铺垫，渲染，乖张诡异，叙事学上的一波三折。

那个黄昏，离苏州女人所说的二十八岁已过去三年。离爷爷去世已经六年。很多年里，没人再去向算命先生讨要什么说法，连对一切充满良善和好意的安慰也嗤之以鼻。奶奶老眼昏花，弃了梭子，躲在阁楼上念经。而母亲呢，在情绪上来时饮泣不止，过后又像个没事人似的。其间，许多桩足可以让一个人"变好"的事情在我们的期待中逐一发生，又无一例外地让我们的希望破灭。

哥哥的身影消失在异乡黄昏的灯火里，越来越像父亲，深长的鼻唇沟，微微伛偻的背，连走路的步态都像。——代替另一个父亲在人间活着。

因为哥哥，我经历了太多，无数的磨难和怨怼，自动发酵的黑暗情绪，裹挟了漫长遥遥迢迢的青春期，以为无穷无尽。

6

姨母在诸多隐秘的场合，述及哥哥结婚当日母亲的怪异情状，"她站在三楼窗前，看着底下新娘子进来，痴愣愣，木呆呆，喊她不应，不知在想点啥。"

一个别人命运的旁观者，语气中带着点轻佻与惊奇，即使身为姐妹，能够同情理解，也无法感同身受。

可我不同，我好像与母亲一同站在那个眺望往事的窗口。那一刻，底下人群攒动，鞭炮声声，而三楼的母亲宛如超然立于尘世之上。

她肯定有许多话要说，与离世的亲人说，与过往的时间说；说给不可听的人听，说给祖母心中的佛陀听。一个家庭被乌云笼罩太久，好不容易拨云见日，晴光朗照——这光来得太强烈，那刺眼的光芒给人一种不真实感。

从此，哥哥放下玩世不恭者的武器，走进家庭，他的精明与他的懒惰织成另一张新型大网，牢牢保护自己利益，准确地说是保护他们一家三口的利益——他，他的妻以及他们的稚子，却以攫取家人辛劳为本能，特别是母亲的付出，更被视作理所当然。

浪子归来，却成了市侩。其实，这两个角色之间，有足够的空间和理由可让彼此顺遂自如地转化。

母亲从起先的期待，叹息，至最后的心如死灰，勉力维持，其间多少渴盼遽然成灰。如果说从前，她对他还怀着希望，希望他变好，并孝敬于她，弥补之前亏欠。可现在，她已经不这么想了。哥哥或许会发达，会出人头地——这当然也是她所企盼的，可他对她的攫取，让人想起贪婪纵欲的水蛭，历经多次变体的血吸虫，无休无止，和生命本身一样漫长而煎熬。寄生虫与宿主的关系，以持续的吸噬为养分和供给，由此获得生存的热力。

有一次，母亲以玩笑的口吻说："如果有一天，我死了，你哥哥可能还发现不了，由旁人来告诉他，他会惊奇，还说，我妈死了啊，这怎么可能呢！"

"他想他妈是永远都不会死的，永远那么强壮，永远帮着他。"看着母亲似笑非笑的神情，我略感震颤，却假装什么都不知。我知道她需要安慰，也明白这些安慰的无用。从此之后，她只是尽力，却不怀希望。她开始衰老，抱怨睡眠不好，心脏跳得厉害，胃疼，一旦有所好转，又无怨悔地继续奔走，直到筋疲力尽，喘息着停下，休整后重来。一个人天生地永远地为另一个人服务，不计报酬，不问反哺，我不知道这该归之于母爱的伟大，还是盲目。

或许，这只是本能而已，就像海龟天生朝着大海的方向前进，中华鲟千万年来遵循溯流习性。一位母亲生下她的孩子，这孩子也便成了她的衍生器官。这器官在这世上遭遇几何，好与不好，寒凉暑热，器官的主人是有感知的，他们是休戚相关的命运的共同体。

与此同时，我的哥哥对他的稚子也表现出了超乎寻常的耐心和溺爱，与学艺、待人、伺亲时不冷不淡，毫无长性的那一个远远区别开来。从哥哥对幼子的纵容上，我不知道另一个"他"是否因此隐隐长成？命运的轮回说，让人无奈和倦怠。

　　如今，我的哥哥已是一个中年人，与按部就班的同龄人相比，他的经历可以算是复杂了。胳膊及后背上刺青的龙纹是某种狰狞的暗示，让人想起那些永远也无法结束的等待的夏天；眉眼之间隐隐泄露的晦暗表情，也在昭示着那些曾经存在过的煎熬与暗无天日。但他的火暴脾气奇迹般的得以收敛，闭合，并学会了叹息。昂贵的物价，龌龊的人事，艰险的世道，都成了他哀叹的内容。一种浮世的苦涩，占据了浪荡子的内心。

　　赚钱方面，他费尽心机，并且认为仅凭规矩、克制的劳动并不能满足自己。多年江湖历练，使得他的脑子在这方面转得比别人快。货物抵押，高利借贷，反复钻研出的生意经，让他屡有斩获，并获得别人或隐或现的赞誉或嫉妒。

　　哥哥以行动不断更新、改变自己的形象，将那个少年叛逆者死死地压进尘埃深处，为了防备死灰复燃，他比常人更通世故，更守礼数，更怕被俗世的浊流抛至岸上。可十六岁接触烟草，多年来吸烟成瘾，从未试图戒除，告诫他孩童在侧应该收敛，及二手烟对人的危害等，他充耳不闻。那旁若无人的吸烟者形象和贪婪的攫取者形象合成一体，让我想起章鱼的吸盘，牢牢地依附在深海的崖壁上，毫不松懈。

有时候，我会想，一个生命在人世之初的浪荡行为未尝不是精神反抗之一种，或清醒或本能，这背后的渊深及动荡，足以映射灵魂在人世生存的艰难。可哥哥的内心深处，到底经历了怎样的跌宕，我是一无所知的。家中至亲，我的父母及祖父母又经历了怎样的忧煎和等待，我也是一无所知的。他们以自己的方式默默承受着，甚至在离世之时都无法得到解脱。

有些事情或许过去了，但又没有那么容易过去。现在，我每次返家，再也没有少年时看到炊烟升起时的畏怯和心慌。暮色里，也早已没有了炊烟。各人回各自的家。各自离开，各自走远。我至今仍然无法得知，发生在哥哥身上的事情，对我的人生到底意味着什么。我不急着知道这些。可总有一天，我是会知道的吧。

Chapter Twelve

女 房 东

2002 年，我唯一的通讯工具是一台 call 机。别人要找我，只能先往寻呼台打电话，然后他们会把要求回复的号码发到我的 call 机上。当寻房的消息发布后，那台火柴盒大小的机器就不时地发出响声。

我告诉电话里的人需要一间价格便宜的单间。"只要有一个睡觉的地方就可以了，但一定要价格便宜。"我去看过很多这样的房子，不是因为租金问题谈不拢，就是路途太远，或许这两者都不成其为问题，除了房子本身，我并不知道自己到底在寻找什么。

有一天晚上，我按照电话里约定的时间与房主见面。那个中年男人住着一间三居室的大房子，房子里还有一位老太太。他打开那个朝北的房间，"这屋里很干净，不过已经很久没有住人了。"果然，房门开启的刹那，除了浓重的霉味，我还闻到一股说不出的气味。

就在我疑惑不解之际，男人继续说，老太太是他母亲，自己平时很少在家，"所以，想找一个小姑娘陪陪她。不过老人家身体很好，不会麻烦到你的。"我看着客厅角落里的那个老人，自我进门后，她一直一动不动地坐在那里，什么话也没有说，甚至没有看我一眼。另外两个朝南房间的门都是关着的，不知道为何要关门，这屋子里又没有开空调。

　　男人说了好几遍租金会很便宜的话，好像在催促我下决定，最好是马上搬过来，越快越好。说实话，我是有点心动的，如果没有那个死气沉沉的老太太，也没有男人略显怪异的神情，这里几乎完美，是我见过的装修得最好的房子，客厅的地板是实木的，踩上去有种稳妥的质感，即使在昏暗的灯光下，也散发出一种暗红色的光泽。我猜想那两个房间的地板也是实木的。

　　那段时间，经常有出租者 call 我，要把自己的房子推销给我，他们对一个刚从学校毕业的单身女孩感兴趣，好像因为刚踏足社会未来得及染上恶习，从而也具备成为一名好租客的可能。

　　有一个老太太决定把两居室的一间租给我，另一间自己保留。

客厅的餐桌上，摆着她故去伴侣的黑白遗像，前面供着一束鲜花。"客厅你可以使用，但这个东西我不拿走的。"遗像里，那张凄苦而略带诡异的脸，好像还在那个屋子的某个角落里存在着，监视着我。

后来，我搬进了那个年轻女人的屋子，至少那里没有垂垂老矣的人，也没有黑白遗像，其实那个女人也不算年轻，她高而瘦，脸庞很小，属比较典型的长形脸。那是夏天，她经常穿一身绿色或粉色的绢纺质地的连衣裙，长度到脚踝，更显得弱不禁风，看着比实际年龄还要小一些（好像我知道她多大似的）。相比前面几位房东，她的房子给人一种敞开、透亮的感觉。至少我的第一印象是如此。她自己也住在里面，住在那个朝南的最大的房间里。

另一个相邻的房间里住着一名来自新疆的女孩，是嘉兴学院的学生。她的房间里挂着粉色窗帘，墙壁也是粉色的，从那个房间里透过来的光线也给人粉嘟嘟、暖融融的感觉，好像那里面的世界是一个未经污染的童话世界。

去阳台晒衣服的时候要经过那个房间，如果碰巧她不在，我便会多逗留一会儿。席梦思床垫看着绵软而舒适，床上用品也都是粉色系列，床头柜上摆着一个很大的娃娃……那个屋子因此形成一股独特的气场，甜腻而不失温馨。

只有我的房间是最小、最简陋的，除了单人床、书桌和一把近乎散架的藤椅，再没有别的。那张书桌还是我搬进去之后，女房东指挥两个男人搬来的，抽屉抽起来很不顺畅，用力过猛则会脱卸而出，好似它们与整张桌子只是临时组合关系；把手上的五金锈迹斑驳，锈粉随时可能往下掉，而当不小心触及时，必然会沾染在手指上。

我不敢在那些抽屉里放置任何东西，除了偶尔趴在桌面上写点不明所以的文字，有时候是给家里写信，有时候则是莫名其妙的几句话，还没写完就被我撕掉了。而那张桌子，怎么看都像是一样来历不明的物品，或许是某个寒酸旅馆里的肮脏陈设，或许是来自旧货市场的廉价商品，虽然脱离了原来的环境，却没有完全摆脱掉过去的一切，我因为不得不靠近它，生怕沾染上一些不洁的气息。

天黑了，我还在小区附近的公园里瞎逛，穿梭在陌生人中间，形单影只的人总会引起额外的注意。那些与我搭讪的人，有些是和我一样，刚从学校毕业的学生；她们是化妆品直销员，眉形尖细，肤色白腻，嘴唇涂得很厚，身上有股好闻的气味。我根本没钱去买那些亮闪闪的东西，也不会化妆。我有点羡慕她们在那种落魄的境况下，还能把自己拾掇得那么美丽。

那时候，我的女房东正在厨房间炒菜，油锅爆炒的声响给人一种家的嘈杂和温馨感，饭菜的香味则勾起人深深的欲望。我不允许自己在那种时候还待在屋子里，和另一个女人分享她的食物，哪怕只是它的气味部分。那段时间里，我经常感到饿，半夜饥肠辘辘地醒来，满屋子找吃的。方便面是唯一的美食，深夜里闻着有种深深的沉醉感。那种因饥饿所体验到的满足感，奇妙无比，没有什么可以相提并论。

盛夏的午后，前一分钟还骄阳似火，走到下一个街口，暴雨就有可能哗啦啦倾泻而下。世界一片汪洋。站在店铺门口，我想起衣服还晾挂在阳台外边，再没有人会帮着将它们收起。在这个世界上，我忽然成了形单影只的人，不再属于任何集体。我所过的生活，也成了一种抽象的生活，我只是为了体验它，以备在未来的岁月里可以回忆它。——除此之外，别无他用。这种孤独感和饥饿所能激起的感觉，多年来深深地嵌留在我的记忆里。对这个世界，我曾充满着一种自己也无法理解的热情和欲望。

其间，一个毕业后未找到工作的女同学从老家坐火车到我的房间里躺了三天，又不声不响地回去了，此后再也没有写信来。那段时间里遇见的很多人，都有着与我相似的境遇，我不知道他们是如何沉默无声让这一切成为过去。

有天晚上，我回到租房，发现衣服已经收好，齐整地摆放在床上。女房东坐在客厅椅子上，笑吟吟地看着我。

你房里有一本《红楼梦》，能不能借给我看看。

我有点诧异，转身回房，将书取出，恭敬地捧给她。那是岳麓出版社古典名著普及文库中的一册书，因为价格便宜，有很多人购买。封面上黛玉手扶花锄的娇弱形象，倒有点像她。

那个年代，我碰到的很多成年女性都喜欢阅读，书还能对她们构成一种吸引力，至少可以帮助她们打发掉一些时间。我不知道女房东是出于兴趣，还是仅仅为了打发时间，书借出后不久，我便有些后悔。书太厚，短时间内根本不可能读完，而且《红楼梦》也不是那种意义上的消遣书。

那段时间，我去了酒吧，遇见一些陌生人。回来后，写了一篇随笔投给当地的晚报，不久后收到编辑来信。信里，编辑给我提了建议，并让我多观察生活，不要以私自揣测去取代眼睛的功能。"一个人在面临一些不平常的场景时，更应该保持客观、冷静。"之后很长一段时间，我都没有写稿。对那个时间段里发生的任何事情，都有一种深深的迷惘和恐惧。在文字里，那种迷惘和恐惧会被放大，要是技巧不够，还会给人一种弄虚作假之感。

那年盛夏，我频繁地更换工作，最后在某快递公司当单号录入员。加班是家常便饭。有一天晚上已经七八点钟了，快递员要送客户回海宁，非要我作陪，说回来的路上可以有人说说话，不至于犯困。送完客户后，那个人把车子停到黑咕隆咚的海塘边，说我们下车去走走吧。这个被天气和性欲所折磨的男人尽管言语污秽不堪，却没有做出进一步举动。或许，他在伺机而动。周遭一片漆黑，耳边只有海水拍打岩石的巨响，时近午夜，却闷热依旧。我因处于极度紧张状态而浑身发抖，除了双臂交叉抱在胸前，不停地沿着堤岸行走，找不到任何可说的话。我的缄默让他摸不着头脑，残存的理智也使得他不敢贸然行事，最后，他骂骂咧咧地回到车上。回城的路上，下雨了，且暴雨如注，我感到如释重负。他把我放在半路，说不能一起回公司了，不然会遭人非议的。

从那个人的车里下来后，才发现包和钥匙还落在公司里，在租房的门口坐到天亮，等楼下送奶工的脚步声响起时，才战战兢兢地敲了门。女房东披头散发地出来，满脸惊愕之色。我语无伦次，试着向她解释到底发生了什么，脑子里却不断发出嗡嗡之声。我累极了，躺在床上很快就睡着了。

连梦里我都在找工作。毕业后，我才知道一个人要找到满意的职业有多难。女房东的职业是炒期货，工作时间去附近的交易所看盘，晚出早归，貌似比一般上班族要舒服得多，赚钱估计也不少，至少能维持生计。

凭她的气质模样，我推断她也来自乡村，从前肯定喜欢打毛线，只是现在已经没有人再穿那种手织毛衣了，她忽然萌发的阅读习惯，或许就是编织习惯的转移——她会对《红楼梦》里哪个人物感兴趣呢?

当然,我最想知道的是,她如何找到这个不费力的工作?那时候,我对炒期货的危险性估计不足,甚至毫无认知力。

一天清晨,我还在睡梦之中,忽然听见一个男人的声音。这个屋子里并没有男人,除了那个新疆女孩的男朋友——他悄无声息地进出,总是一副睡眼惺忪的模样,肤色比他身边的女孩还白。那个声音让我感到莫名的不适,好似一向安全的领地遭到了侵犯。当我起床,去卫生间洗漱,男人已经站在窗前抽烟了。一个瘦长、单薄的背影,烟雾从他的发丛里升起,有一半散逸到窗户外边。

这个男人出现过几次之后,就在那间屋子里住下了。周末的午后,男人跷着二郎腿,坐在客厅里喝茶。阳台上,女房东以藤拍击打棉被,发出沉闷而突兀的声响。过了一会儿,他们就有说有笑地出去了。

黄昏来了,女房东站在煤气灶台前熬药,当中药的气味逐渐取代饭菜的香味,那个屋子里的气味就完全变了,充满了莫名的苦涩。从粉色小屋里透出来的光线,似乎也与之前的不同了。新疆女孩告诉我,她想换专业,学校本来是同意了的,临了又有些犹豫。另外,如果换专业成功,这便意味着要比男朋友晚毕业一年。——即使如此,她还是想换。

新疆女孩说话的语气极为温软,充满着耐心,好像她所诉说的事情全是会实现的,只是时间早晚的问题,根本没有担心的必要。

无聊的时候,我到处瞎逛,吃街边食摊上的食物,去运河边看驳船,坐在公园的凉亭里等天暗下来。有一天午后,当我和一个流浪汉坐在瓶山公园的八咏亭里打发时间时,我的 call 机响了。

电话里,一个好听的男性的嗓音,我叫乐伦,电视台的……我这才想起,当初为了找房子,曾打过他们的热线电话。乐伦和他的朋友在中山路开了一间酒吧,问我能不能去兼职。在那家生意惨淡的酒吧里,我做了半个月的服务生。其间,有位我所尊敬的诗人光顾了那里,他在二楼角落里默默饮完一杯冰啤就离开了。我没有鼓起勇气和他打招呼,说我也在写诗,并喜欢他的诗。

最后一次上班的那天晚上,酒吧间来了一群吵吵嚷嚷的客人,掷骰子,玩游戏,喝得醉醺醺的,最后没有结账就离开了。打烊后想起时,已经追悔莫及。乐伦和他的朋友都没有责怪我。很显然,老板和服务生都缺少经验，这个世界对没有经验的人是残酷的。

后来听说这个装修前卫的酒吧间以极低的价格转让给了别人，接手者很快就经营得风生水起。那时候，我已经不再和乐伦见面，他很快就从电视台退休，去了异乡。我想起酒吧间打烊后的那些凌晨，我们去吉水路的馄饨店里吃宵夜。热气腾腾的小馄饨上漂着葱油，让饥肠辘辘的人感到了久违的温暖。

有一次，乐伦问我，你喜欢谁的音乐？

我想了想，说，罗大佑。

他感到诧异，你这个年纪的人怎么会喜欢罗大佑呢？

乐伦中等身材，肤色深黝，却有一副好嗓音，低沉、浑厚而充满磁性。他的声音是那种具有良好教养的人所能拥有的声音。这么多年里，他小心翼翼地呵护着它，没有挥霍它。除了接听热线电话，他还主持午夜音乐节目。

通过黑夜和电波传到我耳边的声音，好似与发声者毫无关系，特别是当这个声音属于一个五十岁以上的男人，我对这个男人体内可能藏匿着一个更加年轻的灵魂而产生莫名的惊诧与好感。

那个时间里遇见的人，包括乐伦，女房东，以及那个新疆女孩……之后再也没有见过面。你很难让自己知道，生命中的哪些人还会再见面，而一旦过去，甚至连惋惜的机会都没有。

对我来说，那是一段不甚分明的道路，去广告公司应聘文案岗位，却没有成功。老板认为一个在金钱上甘于满足现状、没有进取心的人，是不会有什么前途的。我不想加班，哪怕因此可以多一些钱。即使最穷的时候，我也没有想过要赚很多钱。我只想花最少的力气把自己养活，仅仅是活着就够了。

人生最迷惘的时刻，我倒是做了一些美梦。在那些早已被遗忘的梦境里，我经历了一些美妙之事，因此学会了如何在现实之外的世界里寻求安慰。

有一天中午，我在房间里午睡。迷糊之际，听到一阵抽抽噎噎的哭声，那声音断续破碎，压抑之极，好像是怕被人听见，却又悲伤到无法抑制。——雨天看《红楼梦》时的点滴感受忽然回来了。那本书还在她的屋子里吧，是放在枕边吗？

我有些不自在。屋子里没有别人，男人已经好多天没有露面，一个有妇之夫，得了肝病，在乡下还有老婆，是她炒期货的时候认识的。

她只有一次诉说过那个男人的事，好像是在讲一个与己毫无关系的人，带着一种强烈的鄙薄的语气。还有一次，我在她额上看见一块瘀青，她说是自己不小心弄的。——这我是相信的。尽管那个男人嗓门有些大，但还不至于动粗吧。

这些单薄而过时的细节，已经无法告诉我那个屋子里到底发生了什么，是否有钱财上的损失。记忆里，那已经是炎夏临近尾声了，透过午后虚掩的房门，我看见她侧身躺在那张铺着竹席的大床上，她安逸地躺在那里，脸朝着窗外，落地电扇发出啪嗒啪嗒的声响。

一天中很多时间里，她都那样躺着。她比之前更瘦了，脸庞更显窄小，有些泛黄。我知道她并没有睡着，一个身形瘦削的人，并不需要那么多睡眠时间。那一刻，我忽然有点羡慕她，至少她有属于自己的房子，在那里，她有足够的时间去想明白一些事情。

她的隔壁房间已经搬空，新疆女孩回学校去住了。粉色窗帘被收起，同色系的墙壁显得没有那么粉了，从那屋里透出的光线变得白亮而一览无余。我也想着离开。租期快结束了，我等着她涨租金，之前她曾提起过，这样我就便有借口搬走了。

新同事邀我同住，租房在铁轨边上，可以听见火车声，甚至坐在客厅里也能看见火车远远地开来，从房子边呼啸而过。我在那里住过几晚，当深夜或睡梦中听见汽笛声，更有一种人在旅途的孤独感。不知为何，我对那种感觉着迷，好似那一刻的自己并不生活在尘世里。

趁女房东不在家，我陆续搬了一些东西过去。很快，我就把所有的行李都搬过去了。决定离开那天，我写了纸条，把那本《红楼梦》留给她，好像同时把关于命运的暗示也转让给了她。

后来，我买了这书别的版本。在读到某些章节时，偶尔会想起那个女房东，单单是那一个形象，长形的脸，在回忆里显得特别长，给人异样感。几年前，我坐公交车路过那个小区门口，发现它比记忆中更显颓败，已经成了中老年人和外来务工者的"乐园"。

那个小区，19幢顶楼的某间三居室里，她一定还住在那里。她在那里又住了十六年。人没有那么容易离开自己的房子，特别是对一个不再年轻的女人而言，拥有房子，相当于拥有了一切。

脑海里一直留存着她看到那张纸条时可能有的反应——我不明白当初的自己为何不敢当面和她告别，不敢取回那本书。似乎，对于一个居无定所的人而言，拥有一本必不可少之书，是一件足够羞耻的事。

Chapter Thirteen

伴　侣

1

那时候，我还年轻，大概只有二十一岁，认识了一个叫罗的男人。我们是在一个娱乐场所里认识的，但很快就发现彼此身上迥异于那个环境的气质，此后再也没有去过那里。

某个无所事事的黄昏，我应约来到罗的家，他一个人住的房子。——那是我第一次见识城里人的房子，叹为观止。

他指给我看墙上的龙泉宝剑、飞镖盘，抽屉里的龙虾标本、鹅卵石，以及鱼缸里几乎静止不动的蝴蝶鱼。它们的全名叫约翰兰德蝴蝶鱼。我被那些鱼吸引住了。这是我见过的最美丽的水族，通体深黑、金黄或银白，有很深的透明感，好像它们的肚子会发光。

"在我们老家，鱼可不是这样的呢。"我有些吃惊地说。

"这可是热带鱼啊，它们来自遥远的大海——"罗指着那些几乎不动的透明物向我解释道。我点点头，无论如何也不能把这些小东西与"大海"这两个字联系在一起。那时候我不知道的是，那些来自炎热地区的鱼经常莫名其妙地死去。冬天给它们增温，夏天给它们消暑，病了给它们吃药，可它们还是要死去。

在遇到罗之前，我都是一个人过的。一个人吃饭，一个人搬家，一个人去遥远的山坡上看花。一个人的生活可以特别简单，吃饭的时候吃饭，睡觉的时候睡觉，不必想很多。

有一天，罗问我是否愿意搬过去和他一起住。我支吾了半天，没有答应他。当我再去罗的小屋，蝴蝶鱼不见了，"大海"被搬到另外的地方去了，我们一起吃了螃蟹。我很饿，那些螃蟹的肉藏得太深，吃了很久也没有感到一点点饱腹感。望着罗，我居然有那么一点点莫名其妙的害怕和快乐。

螃蟹很好吃是吗？

我愉快地点头，想要说的话却一句也说不出。三个月后，我决定在罗的小屋住下。屋子角落里有一个很大很深的衣柜，窗台却很矮，很容易望见天空。屋子里还有一只鸟笼。抽屉里的物品更是无穷无尽，都是罗去各地旅游带回来的。

罗不在家的时候，我悄悄地把玩那些物品，又在他回来之前恢复原样。有一天，有个抄煤气的男人来敲门，他还以为我是罗的女儿。我把这个当笑话讲给罗听，罗没有笑，很伤感地看着我：我有那么老吗？

罗不知道，我从来没有喜欢过年轻人，也不喜欢别的不年轻的人。年轻或不年轻，不是我喜欢人的条件。

那年冬天，罗经常穿一件藏青色旧棉衣，衣裳皱褶里散发出一股很好闻的气味，让我想起阳光渗进棉絮里，被带进睡梦中的感觉。罗有一双像外科医生那样灵巧的手，可以把胡萝卜切成一朵花，让风筝飞得很高，还懂得如何在沉闷的日子里制造惊喜，效果却只是差强人意。

莫名地，我总会想起《这个杀手不太冷》里的那个男人和小女孩。男人老是戴墨镜，小女孩总捧着那盆花，他们经常搬家。——我不知道人们看到罗和我，会不会想起那两个人，反正我是经常这么想。在我与罗之间，有一种让世人感到诧异不明的关系，给人一种唐突感，最好是这样。

事实上，自从和罗住在一起后，我再也想不起任何人，包括远在异乡的父母、曾经无话不谈的朋友以及有过密切交往的异性，他们都像一阵风从我的生命中刮走了。有时候，我为自己有可能要见到他们，不得不和他们解释什么而感到焦虑。

我不愿让别人看见罗——尤其是当我走在他身边时我自己的模样，我变得太厉害，好像成了另一个人。如果没有那些讨厌的照片，连我自己也想不起从前的模样。

奇怪的是，自我遇见罗之后，那些人就再也没有出现过了。

2

我很难去描述那种感觉，一个人和另一个人生活在同一个屋子里，呼吸着同样的空气，却又觉得仍是独自存身于世。这种孤独感，当我听音乐、阅读、写作时，会格外强烈。

即使和罗在一起，也没能消除这种感觉，好像是他的凝视，让我保留了这种东西。如果换一个人，不知道会怎样。长夜漫漫，我们以谈论各自的经历度过。在那个小屋里，时间好似存在了千万年，而我们是此中好不容易遇见的过客，并且由过客结为伴侣。

白天，我们各自出门，晚上又回到那个共同的小屋里。

你还好吗？

还好。

工作还好吗？

也还好。

餐桌上，我们交换白日见闻，或疲倦得说不出话来。罗的工作是面对各种不会说话的仪器，久而久之，他也变得不爱说话了。

你很孤独啊，应该交几个朋友。

你就是我的朋友啊。

那不一样。你应该有几个男性或女性的朋友。

你要和他们一起玩！

罗摇摇头，好似我在胡言乱语，而他不可能听我的。我同情他的孤僻、不合群，而他却不以为然，不认为是个问题。

在家里待着，多好啊！他总是这么说。即使别人误解，他也不去纠正，更不会说"我只为自己而活着"这样的话。事实上，他也不知道自己活着是为了什么。谁又能很清楚地知道这些事情呢。

很多年过去，我们更换了住处，也添置了家具，除了我之外，他依然没有别的朋友。而我，情况比他略好一些，但也好不到哪里去。如果说他曾经还有一点要努力适应这个社会的念头，如今已完全泯灭了。如果没有生存的顾虑，他宁愿选择躲在家里饲养花草。从前，他养过鱼、鸟、猫和狗，那些动物们都陆续死去，鸟笼被清理掉了，鱼缸也被送走了，没有留下任何痕迹，而它们是和他一样孤独而无足轻重的族类，一旦消失，就什么也不会留下。

有一年，他肠道出血，住院了。我感到惊诧，好端端的一个人，怎么会出血呢，而且出血的部位又如此隐蔽，到底发生了什么。多年来，我第一次感到自己对他毫不关心，一无所知。他吞吞吐吐地说了一些工作上的事，和某些人的"不和"，以及如何经受各种委屈……他一味轻描淡写，到最后，就什么也不想说了。他说，都过去了，已经忘记了。真的没什么好讲的。

出血事件让我依稀感到了什么。无论面对谁，哪怕是自己，人都很难说出心里话。每当罗瘦削、修长的身体在我身边走动，或长久而缄默地望着某处，我似乎看见那个隐匿的伤口，藏在黑暗而幽深的地方，它会疼痛、会流血，除了自己，没有人会看见，没有人会知道。

3

有一阵子，我们热衷于玩这样的游戏，当我在街上或小区的过道上，远远地看见他，会假装好奇地跑到他身边，哎，我认识你！

罗也会说，我也认识你！

然后，我们俩像初次见面的人那样，挽着胳膊，热烈地交谈着。那种场景又好似渔夫的妻子接到了远航归来的丈夫。

有时，我分明感到认识罗已经有好几辈子了。他既像我已经离世的父亲，又很像我的浪子哥哥——如果我可怜的母亲有这样一个儿子该多好，当然罗谁也不是，他是他自己，我甚至搞不清楚他的那种淡然来自何种修行，还仅仅是与生俱来的天赋。

我并不是一个平和的人，常常对人世充满愤怒和厌恶，消极情绪和恐惧感不时地主宰我，让我变得虚弱无力。

而罗却一副恬淡寡欲的模样，让我不由感叹人与人之间的差别怎会如此之大。下雨天，我们坐在院子里的玻璃棚下听雨；黄昏降临，我们感到这世间有一种叫风的东西实在太美妙；而台风之夜，那一团团纤尘不染的云，浮在屋顶之上，简直美极了。

人只有在大自然中才能获得这样的感悟，在季节交替中显现的美尤其盛大，而其他方面则几乎无可能，无意义。——人生最终也因这转瞬即逝的美而显得虚妄。

自从得到一个方寸大小的院落后，罗在准备饲养花草前，开始了孜孜不倦的循环之旅。一日日，晨昏寒暑，他将瓜果蔬皮等厨余埋于土层之中，随得随掩，近乎固执。每次推窗见其低头劳动的身影，或于劳事之余的淡然一笑，便觉惨淡的人世生活中似乎还存有希望。

有一年，罗在院子里撒了一把牵牛花籽。当炎夏来临，那些喇叭形的小花齐齐绽开，玫红紫红的花瓣，带着清晨的露水，有种娇怯可怜态，这本是小时候野地、道畔随处可见的野花，再见时忽然不复相识了，好似那些花早已经过数代轮回，变成如今他者的模样。

因为此种近乎"与世隔绝"的生活，我们感到时间漫长无边，常于嘴边诉说的唯有小时所经历的人事，但过去之事宛如泡影，很多人已经死去，太多的事杳无踪迹。我们暂栖于人世，于此屋舍和岁月之中，看身边孩童从蹒跚学步到磕磕碰碰地行走，看自我与整个光鲜而模糊的世界的对立，如此疲惫，又心有不甘。我们很想远行，连做梦都在想，去一个从未去过的地方，聆听陌生人的故事，探索那些消失的河流，看天鹅绒般反复上涨又不断退回的潮汐。

某一年，我们在大理的酒馆里吃饭，喝玫瑰酒。那个穿夹克衫、牛仔裤，蓬头长发的中年男子拎着电吉他进门，整个大堂里开始回荡着过去年代的情歌。寥远而宁静的歌声，在油腻、嘈杂的酒肆饭馆里响起，其间夹杂着食客的喧嚣声、桌椅板凳的触碰声，近乎荒腔走板了。

深夜散步晚归时再次路过，饭馆已经闭门，模糊暗淡的光影下那个歌手在石级上坐着，指缝间夹着快燃尽的烟蒂，电吉他横躺在身侧，淡然迎接着我们惊奇注视的目光。

你好！刚才，你给我唱过《传奇》噢。我停下脚步，望着他。

他好似回忆了许久，也或许什么也没有想，一阵轻微的茫然和犹豫之后，他点了点头。那微笑的表情似乎带着安慰与默许。可能在他眼里，我们也是流落他乡者，成双人对与形单影只很多时候并无太大不同。

他坐在低处的阶石上，直到我们走开，也没有起身。

或许，他的生活也挺好，也有能让他高兴的事。离开大理和那个夜晚很久之后，我的脑海还时常浮现那个陌生人的身影。有时候，那个身影会置换成罗，他怀抱着电吉他，坐在属于他的椅子上，有时候则是露天阶石上，坚定而平静地打量着周遭的世界。

4

这些年里，我们无数次把人间的亲人送往郊外的墓地，并在那些墓碑之间穿梭来往。在那里，我们如此清晰地看见了未来，未来的我们仍将是伴侣，从人间转移到另一个地方。

罗在他祖母的葬礼上，表现出了一种淡淡的伤感和赞许。在他看来，那个世界的祖父实在是翘首以待太久。他的整个童年都是与祖父母一起生活，直到祖父的死宣告了一切的终结。之后的日子，他竭尽全力去理解，没有了祖父，祖母的生活为何能一如既往地继续下去。二十几年来，他的祖母一直活着，无忧无虑地活着，好像完全适应了没有伴侣的生活，好像她生下来就是要过这样的生活。

当然，祖母也没有去寻找另外的伴侣。那些和她差不多年纪的男人，他们太老了，再也不可能成为别人的伴侣。一个人在很年轻的时候，就找到了伴侣，好像是找到了某种可以持续一生的信仰。即使命运让他（她）过早地丧失了一切，依然有一种残存的力量可以使之继续下去。

奇异的是，祖父死后，困扰祖母多年的胃疾也不治而愈。曾经这是他们共同的顽疾，在祖父胃部不适之时，祖母也时常感到来自同一部位的灼热。可现在，一切都消失了。

这些发生在身体内部的事实，曾把两个人的关系拉近。而死亡改变了一切。人们从那些刻有死者名字的墓碑前走过，好像走过他们生前的庭院。作为永久的伴侣，他们的名字也被工整地刻在一起，永远在一起。

有一天，罗告诉我，自从祖母患了老年痴呆症后，对一切都毫无兴趣，唯独对祖父年轻时的相片好奇。

这漂亮男人是谁？叫什么名儿？

现在在哪儿？

没有任何解答可以让祖母放弃类似的追问。这样的追问注定伴随她的余生。如何解释一个人在丧失所有记忆后，依然保持着某一方面的执着，对伴侣的选择几乎是蕴藏在我们血液深处的本能，我们不是凭理性，也不是凭知识或经验，而是某种无以名状、又根深蒂固的东西。

祖母死前，已不知道自己是谁，几乎遗忘了一切。人们把她与前半生的伴侣安葬在一起。因为孤单，人们总是需要与某些人待在一起。

5

　　每当下雨的日子，屋里便显得异常昏暗，好像时间被切换到另外时刻。我和罗坐在餐桌前，望着门厅前面不断落下的雨帘，一时陷入沉默之中。耳畔是雨声，以及和雨混在一起的别的声响，迷迷糊糊，听不太真切。时间好似停止了。雨天给人混沌之感，与此同时，一切喧嚣都被隔绝在外了。

　　我和罗认识已有十六年。这十几年的时间，好似只是下了几场大小不等的雨。没有什么值得铭记，也没有什么可以被遗忘。在我眼里，他依然年轻，没有丝毫改变。他的背影仍给人少年人的世事茫然、不知所措之感。罗经常说错话，是那些显而易见的错误，大多是口误，好像说话让他感到紧张，连最普通的交谈都不能胜任。

　　我们对自身的存在感到淡漠，对这个屋子之外的世界所发生的事情，更是无能为力。每一天的日子尽管平淡、乏味，却也有一种值得过下去的渴念。无论发生什么，即使是很坏的事，我们总能缓过神来，不太容易彻底失望。时间渐渐流逝，有更年轻的伴侣出现在我们身边，有人悄悄走近我们的生活，又最终走远。

某些彼此共同生活过的场景会不时地回来，就像那些不停落下的雨，给人似曾相识之感。当我们感到这世上只剩下彼此时，便忍不住想要去拥抱对方。

"共同生活，一起爱。"

"我们还要待在一起，很久很久。"

这些让人动情的话只出现在一些特殊时刻，比如深夜，我相信那些近乎呓语的声音，完全出自真心。

其实，无论和谁，只要在那样的时间里一起待过，便可以成为伴侣，或许是永久的。因为那些过去了的日子实在是平静而让人愉快。

当然，事情在一开始的时候，并不是那么容易。当我们对彼此的关系还没有把握，争吵和怨恨总是难免，甚至有过无法妥协的时候。后来，当我开始写作，一切都发生了转机。只要我能一直写下去，活着就会变得相对容易，所有的厄运自然地被阻挡在外。

当我感到艰难的时候，曾对罗说，除了写作，我没有什么要做的事。他表示理解，并接受了这个事实可能对这个家庭所产生的影响。

他并不认为这是一件离经叛道的事。他相信，对我来说，这是最好

的选择。对整个家庭来说，也是如此。

当然，如果哪一天，连这件事情也做不了，我也能接受——但

终究是无法想象那一天会真的到来。

Chapter Fourteen

故　人

1

那年夏天的午后，我们家房子外面来了一个人。他的到来引起
了一些人的注意。他们从各自家中出来，聚集到那株枫树下；越来
越多的人放下手中的事情，置身于大树的树阴下。在激情的人群中间，
除了男人沉默的背影，还有白马的身影。那是一匹俊美而伤痕累累
的马，好像经历过战争岁月，如今战火平息，却无法抚平它内心的
沧桑；又或者，它在马戏团里服役多年，困顿劳苦半生，终于被释放。
人们走到白马面前，看着它，拍拍它的身体，好像是鼓励它又好像
是提出质疑。

白马目不转睛，望着远方。树阴挡住了部分阳光，另外的一些

宛如细碎的水花溅落在它矫健的腿脚上。谁也不知道男人和这匹马来自哪里，去往何方。男人和马都不通晓我们的语言，任凭我们中口才最好的人对着他们唾沫横飞、叽里咕噜讲上一大堆，也无济于事。男人沉默寡言，白马一声不吭。男人和马都不说话，只是微笑——后来，人们注意到那匹马不仅是拍照的道具，还是男人交谈的对象。

村子附近并没有马，很多人从没有见过马，于是，他们围着那匹马转悠，而对那个男人却没有表现出任何的好奇之心。一个大男人，有什么好看的，除了那深黝的肤色表明他曾抵达过许多地方，看见过不同色彩的云——其余，并无任何奇异之处。

那一次，几乎所有的孩子都被这个男人抱到马背上拍照。当一个孩子骑到马背上，他们即刻看见了远处闪光的河水，看见楝树果子掉在瓦楞的缝隙里，看见扬谷的女人把篮子抬起放置在右肩上——他们看到的是一个平常从未看到过的世界。

小孩被从马背上抱下来的那一刻，烦躁地大嚷大叫，一屁股坐在地上，根本无法忍受一个奇异的世界从眼中忽然消失。他们眼睁睁地看着男人和白马离开视线，毫无办法。

男人走后，他们开始寻找太阳。在遥远的天空，太阳像一匹巨大的种马漫游在蓝色原野上，充满着刺目的哀伤。

后来，他们都收到了寄自远方的照片，马和小孩都在那些照片上。唯独没有我。——我被那个牵白马的男人弄丢了。那个夏日午后的记忆也随之丧失。

很多年里，我宛如一个丧失了重要之物的人，失魂落魄地活着，凌乱不堪地过着每一天。我偷偷查看过那些小孩骑在马背上的照片——他们千方百计地藏起来，不让我看见——发现所有爬上马背的小孩都长着同一张脸，明晃晃的阳光照亮了马上世界的同时，也把他们的脸永远地留在暗处。

2

很多年后，在一个公共场所，我看见一个男人。他坐在许多人中间。人群热闹，焦灼，呈涣散状态。只有他独身一人。他没有宝剑，也没有马。他着一袭蓝色衣衫，是疲惫的旅人、牧羊者、行吟诗人、流浪汉，或许还有一个隐秘的侠客身份。

那些初相识的人不断诉说着天气、健康、对一件事情的看法以及无处不在的指令与承诺。唯独他不说。那个我在人群中遇见的人，好像并没有什么话可说。他像石头或木头那样不说话。我明白一个人不说话的珍贵。特别是当话语与通讯嫁接之后，所有的言辞都轻易地指向言之无物的一面。

我坐在离那个人不远的地方，偷偷打量着他。有一刻，我忽然想上前询问他那匹白马的下落，这么多年，他和他的马都去了哪里。

他只是途经此地，短暂逗留，随时可能离开。就像那些狩猎的人，追逐蜂群的人，跟随候鸟迁徙的人，他们都是一些具有特殊才能的人，他们的亲人不在人群中间，而是在山水和野兽中间。

或许，这个着一袭蓝色衣衫的男人，就来自深山。他把群山梦幻般的色彩穿在身上，他的心灵像山脉一样沉重，他的额头弥漫着先人使用过的陶罐的色泽，他的眼神充满着群星破碎的光芒。

这个从时间深处走来的人，那天也去了海边。海是另一种地方，是梦想起航的地方，是所有人寻找职业的地方，也是被诅咒的奥德修斯归来的地方。而他却在幻想消失，从海上消失——一个人如果能从大海上消失，那便是真正地消失。

众目睽睽之下，他跳上一艘捕鱼船。面对身后众人的质疑和挽留，他一意孤行，毫不为所动。太阳落山了，焕发出一种不可思议的光芒，我们还在原处等他，呼唤他。

夜幕降落，从遥远的地方传来一阵歌声，那是他与大海的合奏。他在某处海水里欢笑、载歌载舞。这时候，我们发现他不是牧羊者，不是侠客，也不是行吟诗人，而是一个非常快乐的人。他把自己像石子一样丢进无拘束的大海里，他让自己像巨鲸那样畅游在蓝绿色系的海水里，从此他将永远年轻，永远活着，不会死去。

这个消失的故事只是我的梦。

真实情景是，那天离开大海之后，他坐上一列白色火车，往北而去；不是白马，而是白色火车。在舒适而诡异的车厢里，他邂逅了一位来自死神世界的人，一个人间游荡的幽灵。在站台上，幽灵向其借了打火机，火苗吞灭后，他将手中的打火机快速扔进荒草丛中。

从此之后，他消失在北方的雾霾里，不知所终。

3

　　某年盛夏，因为梦境的指引，我去了南方。我像个囚徒，把自己关进异乡的小屋里，只在黄昏或黑夜降临才出来游走，宛如一个年迈昏聩的国王巡行梦境中的领土。沿途，一些贩卖故事的人拦住了我，他们迫不及待要把那些故事倒腾给我，好像我的到来，就是为了聆听并永远记住它们。

　　于是，那些故事通过苍老的嗓音、破碎的嘴唇、黝黑的手指，纷纷扬扬，进入我的世界。一个人如何隐身在一头狮子体内，一名祈雨者如何在一夜之间白了头发，还有一位诗人，怎样在每年春天把所有关于雨水的讯息，都毫无偏见地记录下来。所有这些都让我着迷。

　　但我真正无法忘记的是，他们告诉我在遥远的山冈上，还住着一些年老体弱的牧羊者；那些羊和人都垂垂老矣，可他们有狗相伴。当主人死后，狗会在阴郁的松树下忠于职守，不离不弃。

所有沿途遇见的人，都语调平静，面无表情地向我这个异乡客讲述那些流传已久的故事。那些故事里有冰雪，也有月光，就是没有人告诉我那些瘦弱的老羊究竟去了哪里，它们的叫声中有失智孩童的蒙昧与天真。

一个深夜，从故事现场返回旅店的途中，一名醉酒者以歌声挡住我的去路。月光照在旁边公园的竹林里，也照在醉汉的白发上。醉酒者亮开嗓门，对着竹林大声歌唱，他的歌声像月光，也像铁器，苍老而冰凉。四周忽然变得寂静，车马的喧嚣消失，吊机的轰鸣无闻。足球场变成旷野，街道成了峡谷，高耸的楼房变为花岗岩山石，凉爽的风吹过树木，在树的中间轻声低语，像是死去之人的灵魂通过风声回来。

顷刻间，歌声幻变成牧羊人笛子的鸣啭声，而城市成了明亮的牧场。月光下，醉酒者开始漫无边际地行走。我向其询问那些在人群中消失已久的人到底去了哪里，他只以歌声和泪水回答我。那是一些古老的歌谣，也有可能是新编的故事。它们缠绵而饶舌，在我耳旁不断回响。我只记得以下几句：

"那最后两只老羊，越过寒冷的山冈

兴致勃勃地眺望

一场山洪就把它们掩埋……"

歌声消失的地方，城市的街道像玻璃一样忧郁而闪亮。凌晨时分，我躺在旅馆的床上，不断回想歌里出现的人物。那个变成疯子的牧羊人，在遥远的山坳里发现了金矿，却没有人相信他说的话。那是一个疯子说的话，怎么能相信！哪里有什么金子呀，那些羊就死在那个山坳里！他们都这么说。

我没能忘记那个变成疯子的牧羊人。

回来后，我把这个故事写进一个隐秘的地方。每当我想要听到更多关于牧羊人和羊群的故事，便留意着身边的醉汉，可他们只会满嘴胡言，连一首完整的歌都不会唱。

4

某一天，那个消失已久的人忽然现身，他告诉我此刻正在一个天堂一样的地方晒太阳；为了防备那个地方随时消亡，他不能离开它，只让我快快赶去找他。我跳上一列高速运行的火车，它像闪电一样迅速，也像大风一样苍茫，但它的速度远远超过了任何形态的风。它代替我的脚步在大地上行走，它偶尔发出的鸣笛声让我充满渴望，并引发神奇的联想：那是骏马才有的声响。

在神秘事物的指引下，我终于找到那里。根本不是什么天堂，而是一个无边际的瓦砾场。到处是人类撤退留下的痕迹，烧焦的枯树，倒塌的房屋，蔓生的荒草和墙角落里迎风摇曳、喃喃自语的蜀葵花萼。自然完全占领了它。

废墟里，我看见一位年老、穿着破衣烂衫的男子，他躺在一块干燥的木板上，成群的蜂蝶围绕着他，甜美的酣睡正拥抱着他。天黑了，他才睁开眼睛看了看我，又淡漠地闭上。

"有人说这里是天堂。"我不动声色地打量着他，期盼着他的回答，我知道有些惊人的秘密往往藏身在一无所有的人身上。他不说话。我告诉他自己在寻找一个人，那个人只有一个声音，一个连续不断的声音，我就是被此吸引而来。

"那个人应该是……"他终于开口了，"当走路的时候，他会走得很快；当停下时，他会彻底休息。"

我看着他。

"那个人应该是……

他说这些话的时候，身体仍躺在那块木板上。在他身后，大丽花如火如荼，三叶草在风中摇曳，一切都是平常场景，好像一个人天生就应该躺在这样的地方睡觉。

"那，这个人到底去了哪里？"

"他哪里也没去。"我开始疑心他说的那个人，就是他自己。

当夜幕降临，这个轻飘飘的人从栖身的木板上爬起来，他张开双臂，对着黑暗中的树木尖叫。他的左手和右手不住地搅动在一起，做出各种夸张、变形的动作。最后，他甩着手，跌跌撞撞地往密林深处走去。

茅草齐膝的旷野里，星星们钻出来了，月光显得特别明亮。夜空紧贴地面生长。他被黑暗拥挤着，身体变得膨胀；他开始歌唱，那些歌声似野狼嚎叫，好似生生地要把他的身体撕裂开来。他捧起石块，砸自己的影子；他不知道自己为什么会有影子，那是无论怎么也无法甩掉的东西。他抬头去找那月亮，愤恨地看着它，月光白得刺眼，他眯着眼，看见一个人立在月亮的里面，举着石头，瞪视他。扔了石头，他瘫坐在地上，不明白这一切究竟为了什么，整个白天他一直在睡觉，享受这无人的旷野里明亮的微风；到了夜晚，他像是变了一个人，所有白天的享乐全为了当黑夜来临时，完成对自己的逼迫和审判。他抢起石头想砸死自己的影子，让它从这个世界上消失。

最后，他在自己的影子上躺下，死命地压迫着它。在又蓝又亮的月光底下，他开始嘤嘤地哭。他的泪水流到那个影子上，影子像熄灭的火焰，发出嗤嗤的声响。

后半夜，他像个疯子那样奔跑，追赶着影子和月光。随着大地上白光愈来愈亮，最后，他筋疲力尽的身躯像截燃尽的枯枝躺倒在荒草丛中。

5

我的窗口对着一条街道。那些男人、女人、塑料似的鲜花以及奄奄一息的树，构成我窗外的风景。我对他们熟视无睹，他们也不知道我的存在。我像个囚徒，自己把自己关在屋子里。女人们花枝招展地从我窗前走过，男人们心事重重地紧跟其后，老人们衰弱的身影则像乌云一样怪诞而沉重。我没有别的事情可做，整日看着这些身影打发时间，好像他们不是真实世界里的生命，而是屏幕上被虚构出来的人物。

一天，有人告诉我这城市的街道上来了一个欢天喜地的人。他在人群中穿梭，载歌载舞；还试图和汽车赛跑，最后被行道树的影子绊倒。所有人都在议论这个人，这个怪异而拥有无限生命力的人，或许他的体内藏着一头快乐的狮子和无穷无尽的猛兽。

整日整夜，我都不出门，等着那个人走过我窗前。等待期间，我翻看了所有讲怪物的书。书里说，所有的怪物都长着一对深邃的可以预知未来的眼睛，它们在一个没有人的地方长大，或许是住在树上，能闻知任何气味，宁可渴死也不喝它们不喜欢或不好喝的水。

我真正感兴趣的是，这些怪物如何在今天的世界里生存下去，并保持旷日持久的忧伤。

那个人，迟迟没有从我窗前出现。关于他的流言却越来越离谱，他们把他描述成一个具有特异功能的人，试图和整个世界作对的人。譬如，他会把那些捡来的动物带进餐馆里，让它们和他共享一个盘子里的食物；他还能准确地预知天气，对气象站的工作造成某种干扰。

他受到孩子们的暗暗追捧，却被谨慎的大人们拒之门外；所有人都在猜测他行为背后的意图，那些结论都模棱两可，似是而非。在这个整齐划一、秩序井然的城市里，他也像在深山里一样横冲直撞，带着一种无目的的激情与亢奋。

人群中，一种恐惧已在悄然蔓延。这种恐惧与人们对人生意外、生老病死的害怕完全不同，那是一种根深蒂固的恐惧，好似乡愁一样被唤醒。人们经常性地从梦中惊醒，忧心忡忡地打量着这个世界，幻想着像祖先那样死在迁徙路上，可多年安逸的生活早已腐蚀了他们的躯体，年轻人比老人还要羸弱、不堪一击。他们开始学习反省，通过动植物或者别的媒介，试图去尝试别的东西，只是他们的肉身依然生活在城市里，生活在蜂窝状的空间里。

某些时刻，雨雪成了唯一的安慰。

在那些短暂而罕见的时刻，大人们根据星辰和天气找到语言和交往对象，孩子们则兴高采烈地领回自己的童年。

　　我仍在等待那个人的出现，或不再出现。很多时候，我已然成为那个被等之人。我或者他，迟早都要回到另一个世界里去——人群并不欢迎我们留下。